目次

ユルスナールの靴

「私にとってのすばらしい歳月、それは、
旅あるいは野営や前哨地ですごした日々であった」

マルグリット・ユルスナール
『ハドリアヌス帝の回想』

ユルスナールの靴

プロローグ

　きっちり足に合った靴さえあれば、じぶんはどこまでも歩いていけるはずだ。そう心のどこかで思いつづけ、完璧な靴に出会わなかった不幸をかこちながら、私はこれまで生きてきたような気がする。行きたいところ、行くべきところぜんぶにじぶんが行っていないのは、あるいは行くのをあきらめたのは、すべて、じぶんの足にぴったりな靴をもたなかったせいなのだ、と。

　下駄がいけなかったのだろうか。子供のころ、通り雨に濡れたり、水たまりの泥がはねたりすると、足にハの字形の赤い模様がついてしまった、また、石ころにつっかけては鼻緒を切ったり歯が欠けたりした小さな塗り下駄のせいで、じぶんの足は、完璧な靴に包まれる資格をうしなってしまったのだろうか。

あまり私がよくころぶので、おとなたちは、初物のソラマメみたいな、右と左がはっきりしない、浅くてぺたんこのゴム靴を買ってくれたこともあった。これならもう、子ネコに狙われた毛糸の玉みたいに、やたらころころところばなくなるだろう。

だが、おとなたちの思惑は外れた。水色のゴム靴には木綿の裏地がついているのだが、それが歩いているうちにすこしずつ剝がれて、足の下でくるくると巻いてしまったから、彼らが後ろから歩いてくる子供のことをふと思い出してふりかえると、私はとうのむかしに脱いでしまった靴を、片方ずつ両手にぶらさげて歩いていた。靴底がごろごろするくらいなら、はだしのほうがよかった。

五歳ぐらいのときの、よそいきの服を着て撮った写真がある。どういう機会だったのか写真館で写したもので、軽いふわふわしたオーガンジの夏服を着ている。たよりなさそうに壁に寄りそって、からだを斜めにむけた恰好で写っているのだが、どうして写真屋さんが注意しなかったのだろうか。ほとんど悲しげな目つきで、そばにいるだれかに、写真を撮られるなんて、どうすればいいの、と救けをもとめているようにもみえる。黒いエナメルの、横でパチンと留める靴。すこし大きめだから、白いソックスをはいた片足をせつなそうにねじまげている。いつも大きめの靴をはかされた。すぐ小さくなるから、といって。

フランスの田舎で育った友人が、むかし、こんな話をしてくれた。夏の日にパリから訪ねて行ったヴォージュの山あいの村の彼の生家で、私たちは、青い実をいっぱいにつけた大きなリンゴの木が一列に植わった裏庭で、花壇のふちの石にこしかけ、食事ができるのを待ちながらしゃべっていた。

リンゴが熟すと、おばあさんが籠にもいで、ひとつずつ、ていねいに地下室の棚にならべた。積み重ねると、下のが傷《いた》むからねえ。ぼくたちが、おなかをすかせて地下室にリンゴを取りに行くと、いつもおばあさんが、うしろからどなった。くさったのから、食べるんだよ。おばあさんがケチだったせいで、ぼくは子供のとき、リンゴというといつもくさったのしか食べなかったような気がするよ。

おばあさんのケチが遺伝したのかもしれない。友人のあいだで、その男はケチで通っていた。

一サイズ、大きめのを買いましょう。おとなたちがそう決めるので、私の靴も、くさったリンゴのようにいつもぶかぶかで、ぴったりのサイズになるころには、かかとの部分がぺちゃんこにつぶれたり、つま先の革がこすれて白くなっていたりした。

六歳になってミッション・スクールの一年生にあがると、デパートの店員が学校に来て、通学靴のほかに、上靴というのを誂えさせられた。通学靴はこれといってめずらしいものではなかったが、上靴はやわらかい黒の革製で、横でボタンをぱちんと留める型だった。スナップ式のまるいボタンで、裏側の金具がすぐにつぶれて、バカになってしまう。だらんと横ひもをぶらつかせていたり、足をずるずるひきずって歩いていたりすると、シスターに呼ばれて叱られた。なんですか、そんなだらしない恰好して。

上靴の不便なことはそれだけではなかった。土曜日にはこれを家に持って帰って、ぴかぴかに磨いてこなければならない。クローク・ルームと呼んでいた玄関わきのだだっぴろい部屋に、受持ちの先生が待ちうけていて、みんながちゃんと上靴を靴袋に入れて家に持って帰るかどうか見張っていたから、それを学校に忘れて帰ることはなかったのだけれど、私はいつも、月曜日に持って行くのを忘れた。そういうことをちゃんと覚えているのが苦手なのだ。

月曜日に上靴を忘れるものだから、と二十年あとになってから、五、六年も上級生だった人にいわれたことがある。生徒数の極端にすくない学校だったから、だれか目立つ子がいると、みんなが覚えていた。月曜日っていうと、あんたは赤い鼻緒の大きなゾウリをはかされて、学校の廊下をぺたぺた歩いてたよ。二度と上靴を忘れてこないようにと、外国人のシスターたちが考え出したにちがいない、女の子にとってはずいぶんきつい罰則と思えるのに、私はいっこう気にかけることもなく、また月曜日がくると、ペタペタと音をさせながら歩いていたという。

そのシスターたちが、なんともすばらしい靴をはいているのに私が気づいたのは、何歳ぐらいのときだったか。細身の黒い革靴で、五センチほどのヒールのついた、紐で結ぶ型の、平凡そのものでありながら、あれこそが靴だ、というような、本質的でどこか高貴さのただようその靴に私はあこがれた。それをはいて、彼女たちは、背をまっすぐのばし、黒い紗のヴェールをすっすっと風になびかせて歩いた。かかとがたてる硬い音が、顔がうつるくらいにワックスで磨きあげられた木あるいは模造大理石の床をつたって、こつこつと遠くからひびいた。ダンスのレッスンや、ゲームのルールを説明するとき、彼女たちがそっと片手で長い修道服のすそを持ちあげると、漆黒の靴下をつけた細い足首をきっちり包んだ靴が、スカートの下で黒曜石の光を放っていて、私はいきなり西洋を見てしまった気持になった。あの靴が一生はけるなら、結婚なんてしないで、シスターになってもいい。そう思うほど、私は彼女たちの靴にあこがれ、こころを惹かれた。

私を夢中にした靴をはいていた人間は、家にもいた。それは父の末弟にあたる、私とはたった八歳しか離れていない叔父だった。当然、私たちはおなじ屋根の下で暮らしていたわけだが、旧制中学に通っていた彼は、毎朝、玄関の上がり框に腰かけて、前日の夜、ながい時間をかけてぴかぴかに磨きあげた黒光りのする編み上げ靴をはいた。スニーカーみたいに途中までは左右の穴に通したままになっている紐を、最後の五センチぐらいは右の手に二本そろえて持ち、ひょいひょいと、二列に並んだ小さな丸い留め金に掛けていく。大きくなったら……うらやましさのあまり息がつまりそうになりながら、私は思った。大きくなったら、じぶんもあんな靴をはこう。はいて、この人みたいに、こわがらないで、どこにでもひとりで行こう。

父が靴を大事にしていることに気づいたのは、もうすこしあとのことではなかったか。彼の靴は、ほとんどみな、おなじ型に造られていた。銀座の靴屋で誂えていたらしいのだが、イギリス風の、針でぷつぷつ刺したような模様のある、先端の細い、大きいわりには軽い靴で、母にいいつけられて私や妹が磨こうとすると、すっぽり肘のところまで手が入った。車に乗ることが多いのか、私たちの靴みたいに、泥や土くれがついていることはまずなくて、いつもきれいだった。それでも、布でさっとこするだけにしておくと、父は出しなに玄関に立って母に小言をいっている。そして、父が出かけたあと、こんどは母が私たちを呼んで叱った。おまえたち、また手ぬきしたわね。パパはすぐにわかるんだから。

戦争で、靴が店になくなって（ぜんぶ、兵隊さんがはくからだ、とおとなたちは説明した）、最初は上海にいた母の兄から送ってもらったこともあったが、やがてそのルートもだめになり、あるとき、徴用で町内会につとめていた叔母がサメの皮の靴というのを手に入れてくれた。はくと足がふわりと上がってしまうほど軽い、紐で結ぶ、いちおうは黒い靴だったが、雨が降った日にはいて学校にいくと、ノリがはがれたのだったか、形もなにもぐしゃぐしゃにつぶれてしまった。サメだから、水に出会ったとたん、溶けちゃった、とふざけると、そんなことといって、でも、戦争だからしかたないわ、と叔母はつらそうな顔をした。雨の日ぐらい、下駄で学校に行かせてもらえないものかしらね。叔母の意見を学校につたえると、返事はやっぱり、戦争なんですから、だった。空襲で逃げるとき下駄はあぶない、というのが理由らしかったが、だんだん靴が手にはいらなくなるのは、戦争に負けるより心細い気がした。とうとう私は下駄で学校に行った。シスターたちが磨きあげたぴかぴかの人造大理石の廊下を、がたがたと下駄を鳴らして歩くと、なにか弱いものをやっつけたような、野蛮な気持になった。ある日、廊下の曲り角で、むこうのほうからじっと私の足もとを見つめているシスターの目に気づいた。学校に下駄をはいていくのは、それでやめた。

戦争の終った年は、春から空襲が毎晩つづいたので、いつ逃げても大丈夫なようにずっと靴をはいたままで寝た。靴にノミが入りこんで、足がかゆくて目がさめることがあった。でも、ノミのほうが、火事の中をはだしで逃げるよりは、ましに思えた。

戦後三年目に、私が旧制の専門学校を出て女子大に入った年、父が靴を買ってくれた。銀座の裏通りを、上京した父とふたりで歩いていて見つけたのだった。なんの変哲もない、光沢のある黒い革の、紐で結ぶ式、てらいのない中ヒールで、オーストラリア製ということだった。試しにはいてみると、くるぶしの下がきゅっと締まって気持がよかった。この靴があれば、どこまでも歩いていける、そう思うと顔がほてった。いつになったら、日本人にこういう靴が造れるようになるかなあ。そういいながら、父はその靴を包ませてくれた。その晩、私は関西にいる母に電話をかけた。パパに靴を買ってもらったの。

その靴は、しかし、それをはいて外出する機会のないまま、私の目のまえから姿を消してしまった。ある日、授業のあと、空襲で焼けてまだ仮普請だった寄宿舎の部屋に戻ると、靴を入れた箱ごと、戸棚から消えていたのだった。あらゆるところを探したが、どろぼうがもっていったのか、だれかが冗談半分に隠したのを私が騒いだのでいまさら出せなくなったのか、数週間たっても靴はとうとう出てこなかった。いたずらだったのか、どろぼうが入ったのか、そんなことの詮議は私にとって、もともとどっちでもよかった。靴が失くなったかというよりは、靴に、じぶんのほうが見はなされたみたいな気がして、そのことがなさけなかった。へんなふうに靴が戸棚から消えた記憶だけが、小さな傷になって私のなかに残った。

やがて、冬休みになって、私は、母と神戸の街を歩いていた。ショーウィンドウに、きれいな赤いサンダルが飾られていた。真紅といっていい赤で、そんな色の革をそれまで見たことがなかった。吸いこまれるように立ち止まった私を見て、母がせきたてた。なに見てるのよ、はやく行きましょう。あの赤い靴。私がいった。おねがい、あの靴の値段、たずねてもいい？　あきれ顔で母がこたえた。あんな赤い靴なんて、いったい、なに考えてるの？　どんどん先に行ってしまう母のあとから、私は歩き出したが、それでもあの靴が欲しかった。ママ。もういちど私は声をかけた。見るだけだから、待って。いいながら、私は赤い靴が飾られたウィンドウに戻った。

しばらくのあいだ、私は母といっしょに街で見た赤い靴が忘れられなかった。昼間は気がまぎれているのだけれど、夜、寝床に入ると、ウィンドウの赤い靴が目に浮かんだ。考えてみると私は母に、あれを買って、となにかをねだったことがほとんどなかった。そのうえ、ほんとうをいうと、赤い靴をはいたじぶんなんて、それ以前には想像したこともなかった。それでも、あの赤い靴だけは、ほしかった。じぶんに似合うからとか、歩きやすそうだとか、そういうのではなかった。ただ、むしょうに、それをじぶんのものにしたかっただけだ。

もしかしたら、モイラ・シアラーが主演した映画の「赤い靴」をそのころに見たのだったろうか。それとも、波止場から遠い国に行ってしまった女の子のことを、もう考えはじめていたのだろうか。

フランドルの海

何年かまえのある冬の日、大学の図書館でジョジアヌ・サヴィニョーの『マルグリット・ユルスナール伝』を見つけて、なにげなく開いたとき、一九〇六年に撮ったという幼いユルスナールの写真が私の目を捉えた。アンピール様式というのだろうか、写真のなかの幼女は、贅沢な飾りのある椅子にかけさせられ、レースを花びらのように重ねた、まるでダンテの神秘の薔薇を天から摘んできたような白い服を着て、視線の定まらない目（うんと青い目だったのだろうか）で、遠くを見ている。ジュモウのフランス人形みたいな陶質の肌を思わせる下ぶくれにふくらんだ頬には、しかし、可憐だけでは済ませられない、表情のかげりを私はつい読んでしまう。生まれてまもなく母親をなくした彼女の生い立ちを、着飾った赤ん坊のたよりない顔に、こちらが勝手に重ねあわせているにすぎないのは百も承知なのだけれど。ユルスナール自身はそのことについてこんなふうに書いている。

「幼いときに母親をなくしたとか、いずれにせよ母親なしで育った子は、喪失感や、いなくなった人をとりかえしたい思いに生涯つきまとわれるなどと、まるで当然のように人々はいうけれど、そんなことはないとわたしは確信している。すくなくともわたしの場合、そんなことはなかった。七歳になるまで、〔女中の〕バルバラがわたしの母親の代わりをつとめてくれた。わたしにとって、彼女が母親であり、のちにわかることだが、わたしにとってのはじめてのつらい別離は、母フェルナンドの死ではなくて、その女中がひまをとって家にいなくなったときに味わったものである」

ユルスナールの強がりとだけは簡単に済ませられないなにかを私がこの文面に感じるのは、やはり幼いとき母親をなくした、大切な友人から、これに似たことばを聞いたことがあるからだ。

お母さんが亡くなったとき、友人は八歳ぐらい、私が十四、五歳ではなかったか。故人が、私たちの行っていた私立学校の創立に縁の深い人だったこともあって、葬儀のミサは学校で行なわれた。柩が聖堂から運び出されるのを私たち生徒は玄関のポーチを出たところで待っていて、そこからは、ポーチの下に、どこかひよわな感じの〈先生のおじょうちゃん〉が、お兄さんたちのよこに、ひとり、しょんぼりと立っているのが見えた。五月だったのだろう、その子の小さな頭の上には、ポーチにからんだクリーム色の蔓薔薇が咲きみだれていた。そのことがあってから、私は、薔薇の季節がくるたびに（やがて戦争でポーチも薔薇の木も全焼したけれど）そのお葬式を思い出し、ポーチに立っていたその子のことを思い出すようになった。

疎開があったり、年齢の開きが大きかったこともあって、〈その子〉と私がほんとうの意味で友人といえる関係になったのは、私がながいイタリア暮しのあと四十をすぎて日本に帰ったばかり、彼女も二年のヨーロッパ滞在から家族ぐるみで帰国してまもなくのことだった。わけへだてなく話せるようになって、あるとき、私は、ずっと心にもちつづけていたお母さんの葬儀のことを彼女に話した。ずっと、あなたのこと、あんな小さいのにお母さんをなくして、かわいそうだ、かわいそうだって思ってたの。

ありがとう、でもねえ。そういって彼女は笑った。八つだったから、私はほとんどなにもわかってなかったのよ。母がいなくなった、ということが、悲しい、に繫がらなかったの。こんなものだろう、って妙に納得してしまったのかもしれない。それに、兄たちも、父も、ふたりの祖母も、ひどく私のことをかわいがってくれたし。他人にかわいそうだ、かわいそうだっていわれつづけて、それが自分のためにみなが使う決まり文句みたいな気はしてたけれど。

八歳で母親を喪った友人がそういうのなら、西も東もわからない、生まれてほんの数日後に母親をなくしたユルスナールにとって、母親がいる、というのがどんなものか、そのほうが想像しにくかったかもしれない。いや、そう信じようとしてはみるのだけれど、やっぱり、私には勝気な友人とおなじように、ユルスナールもいっしょうけんめい強がりをいっていたのではないかと思えてしかたがない。そう考えてはみても、やっぱり、片手に痩せた布製のピエロ人形を裏返しにぶらさげて、もういっぽうの手で椅子の細い手すりをしっかりと握っている幼いマルグリットの写真は哀れをさそう。

着飾った写真の中の幼女は、ふさふさとした濃い色の髪をまん中からふたつに分けて、頭の両側に白いリボンを結んでいる。そして、まるで二本の棒のようにぶらんと垂れさがった無表情な足の先端には、これも人形じみた、底の平ったい、左右のはっきりしない（写真からは、どうみても、左右反対にはかせられているように、私にはみえるのだけれど）靴をはいていて、その靴にも、髪につけたのとほぼおなじ大きさの、白いリボンがひらひらと結んである。

ちゃんとした靴をごく小さいときからはかせないと、足の発育がおかしくなる。と、ずっとまえ、なにかで読んだことがある。うちの子は偏平足じゃないかしらと医者に連れていった母親がイタリアにいたころ私の周囲にもいたし、うちの弟は、足が曲ってるっていうんで、幼いころ矯正具をつけさせられてたのよ、とうちあけてくれた友人もいた。ヨーロッパの人たちの「正常な足」への執念はひとかたならず、ミラノの中心街には子供靴だけを売る靴店があったし、あるとき友人に、いい靴屋を知らないかとたずねると、彼女はちょっとはずかしそうに、困った顔をしてこう答えたのだ。靴屋ってねえ。わたしは小さいときからいつもおなじところで誂えるものだから。彼女の家族は、ミラノの近郊に代々のひろい領地をもつ、裕福な貴族だった。シムノンのミステリーでも、列車から転落した若い女の死体の、手入れのゆきとどいた、すんなりときれいな足から、メグレ刑事が、これは特別註文の靴しかはいたことのない足だ、きっといい家の娘にちがいない、と判断する話を読んだことがある。

白いひらひらのリボンがついた靴をどこかちぐはぐにはいていた三歳のマルグリットも、じぶんでじぶんの靴の面倒がみられるようになってからは、生涯、ぴったりと足に合った靴をはいた、それ以外の靴をはこうとしない部類に属する人間として出発したのだったろう。ずっとあとになって、マウント・デザート島の家に彼女をたずねたアメリカの詩人、ホーテンス・フレックスナーといっしょに撮った写真でも、ユルスナールは、足にぴったりという感じの、良家の夫人然としたサンダルをはいている。

*

二十世紀のフランスを代表する作家のひとりで、一九八一年にアカデミー・フランセーズの最初の女性会員にえらばれたマルグリット・ユルスナールは、一九〇三年、北フランスはフランドル地方の旧家、クレーネウェルク・ド・クレアンクール家の当主、ミシェルの娘として、ベルギーのブリュッセルに生まれた。母親のフェルナンド・ド・カルチエはベルギーの人で、夫ミシェルにとっては二人目の妻だったが、マルグリットが誕生して数日後に産褥熱で他界したため、赤ん坊は祖母がいたド・クレアンクール家の城館で育てられた。しかし、もともと息子ミシェルの再婚に反対で、十八歳も年上の、マルグリットには異母兄にあたるミシェル・ジョセフを溺愛していた祖母は、生まれたばかりのマルグリットを寄せつけなかったので、母親にかわってこの子の世話をしたのは、無学で素行のおさまらない女中のバルバラだった。

文学青年で、旅を愛し、賭け事に目のなかった父親ミシェルは、うるさい母親が支配する城館にはいつかず、幼いマルグリットを連れてスイスや南仏を拠点に、ヨーロッパ各地を転々と旅することが多かった。生涯を旅にすごしたユルスナールの性向は、このエキセントリックな父親の行動をぬきには考えられない。じっさい、幼いマルグリットに古典の手ほどきをしたのもこの父親で、彼女の文才の熱心な応援者であった。マルグリットが十六歳のときに書いた対話詩『イカロスの庭』が、父親が費用を負担するかたちで出版されたことも、その事実をものがたっている。

父祖の財産を使いつくした父が、三番目の、こんどはイギリス人の妻を残して他界したのは、マルグリットが二十六歳のときである。異母兄からの援助は期待できず、ひとり将来の設計をたてなければならなかった彼女は、経済的な不安のなかで、つぎつぎに作品を発表しはじめる。だが、一応の評価は得るものの、どれも彼女自身が夢みた栄光をもたらすには到らないまま、小説家としても、恋愛においても、マルグリットは、ながい模索の時代をすごすことになる。

第二次世界大戦がせまった一九三九年、やがては彼女の生涯の伴侶となるアメリカ人女性のグレース・フリックに出会い、意気投合してさそわれるままアメリカに渡る。しかし、帰国の機を逸して、ニューヨークに滞在するうちに、パリはナチス・ドイツの占領下におかれ、ユルスナールはそのままアメリカにとどまって、グレースとの共同生活に入る。

戦後、ふたりはメイン州のマウント・デザート島に家を求めて暮らすが、そこで書きあげた『ハドリアヌス帝の回想』が一九五一年にフランスで発表されると、マルグリットは、一躍、世界的な名声を得ることになった。さらに六八年に発表した『黒の過程』によって、彼女への評価はゆるぎないものとなるのだが、いずれも、ごく若いころに練られた構想、あるいは短編を、長編に発展させたものである。七九年、長年つづいた苦しい闘病生活のあと、最愛の伴侶であったグレース・フリックを失い、以後は、グレース同様アメリカ南部出身の青年、ジェリー・ウィルソンが、ユルスナールの忠実な伴侶となる。

八一年、ユルスナールは、初の女性としてアカデミー・フランセーズの会員に推挙されるが、これによって彼女の名は世界に知られることとなり、以後、彼女の日々は、栄光につつまれた旅に彩られた。

ユルスナールの旅好きの、いや、なによりも彼女の絶大な精力のひとつのあらわれとして、プレイアード版にある彼女の年表から、八二年のマルグリットの行程をつぎに抄訳してみる。

「一月一日、北イタリアを横断、謝肉祭のあいだはヴェネツィアに滞在。一か月、エジプト旅行、アレクサンドリア、ナイル河をアスワンまで遡航、紅海海岸から、ギリシアを訪問、スニオンへ。

二月十三日、ヴェネツィアでふたたび謝肉祭週間をむかえる。マッジョーレ湖から、南仏サン・ポル・ド・ヴァンスを訪れ、アヴィニョンに滞在。この間、黒人ブルースの訳。パリに戻り、『なにを? 永遠を』の編集にとりかかる。

四月末、イギリスを経てアメリカに帰国。フランスを去るまえに、フランドル地方に彼女が幼時をすごしたモン・ノワールの地を訪れる。

五月、小説『水の流れるように』を上梓。

夏は、マウント・デザート島ですごし、『時、この偉大なる彫刻家』を執筆。ジェームズ・ボールドウィンの『エイメン・コーナー』を訳す。

九月、カナダ、モントリオールからヴァンクーヴァーまでを鉄道で横断、そこから車でサンフランシスコへ。さらに船で横浜へ。途中、ハワイに寄港。航海中に『エイメン・コーナー』を訳了。

そして、十月八日から十二月三十一日まで、日本に滞在したが、そのあいだもじっとしていない。東京から奥羽路を松島へ、仙台を経て、平泉に中尊寺をたずねる。日本アルプスを横断、東京に戻る。伊勢神宮から京都へ、名古屋を通って、富士山を見る。ふたたび東京。歌舞伎を観劇。三島由紀夫の『近代能楽集』の訳にとりかかる。再度、京都へ。奈良に滞在後、東京へ。日仏会館で講演。京都へ。広島、宮島をおとずれる」

ときにユルスナールは七十九歳である。

七九年に他界したグレースに代って、ユルスナールと生活を共にした青年ジェリー・ウィルソンは、錯綜した愛情関係を経たあと、七年後の八六年に、HIVのためパリの病院で死亡。マルグリットは翌八七年の十二月十七日、マウント・デザート島の病院で、看護婦や医者たち、そしてパリから駆けつけたガリマール社のヤニック・ジルウにみとられて生涯を終えた。八十四歳。

＊

だれの周囲にも、たぶん、名は以前から耳にしていても、じっさいには読む機会にめぐりあうことなく、歳月がすぎるといった作家や作品はたくさんあるだろう。そのあいだも、その人の名や作品についての文章を読んだり、それらが話に出たりするたびに、じっさいの作品を読んでみたい衝動はうごめいても、そこに到らないまま時間はすぎる。じぶんと本のあいだが、どうしても埋まらないのだ。

マルグリット・ユルスナールという作家は、私にとって、まさにそういう人物のひとりだった。さらに打ち明けていうと、マルグリットが花の名であること、そして、ユルスナールと日本語で発音するとき、これも、「揺れる《ユレル》」とか、「揺する《ユスル》」とか私のなかでは奇妙に樹木や花につながる音であることも、私を彼女へと誘いつづける重要な要素だった。

そして、とうとう、この作家が私の読書範囲に侵入してきたのは、たった十年ほどまえのことなのである。それも、さあ読もう、とこちらから狙いをつけて彼女の作品に近づいたのではなく、あるとき、女性の書く「自伝」について親しいイタリアの友人と話をしたことがきっかけだった。どうしても、これをきみに読ませたい、返してくれなくていいよ。そういいながら彼が貸してくれたユルスナールの晩年の作品『恭しい追憶』を私は、なにげなく手にとっていた。

ユルスナールの作品を読む順序などというものがあるとしたら、あるいはもっと簡単にいって、だれかにこの作家を知ってもらいたいとき、ふつうなら、まず、傑作として知られる長編『ハドリアヌス帝の回想』とか、より手っとりばやく紹介したいなら、巧妙な短編をあつめた

『東洋綺譚』あたりをすすめるのではないか。だから、一九七四年の自伝的作品、それまでのユルスナール作品とは、虚構性という点で、かなり趣きを異にした『恭しい追憶』から読みはじめた私は、すこし変則的な道、というのか、鉄門のむこうの、糸杉のならぶ正面の馬車道を通ってではなくて、小さな裏門につづく曲りくねった砂利道から、壮大な城館にも似た彼女の作品世界に踏み入ったともいえる。だが、たとえ順序はどうであっても、一読をすすめてくれた友人の策略は成功したといっていいだろう。数ページ読むうちに、私は、端正な、叙事詩を思わせる彼女の文章に心を奪われている自分に気づいた。

本来は墓標に刻まれる文句だという表題(『恭しい追憶』*Souvenirs pieux*)をもつこの本は、ついに完成されることのなかった作者の自伝的三部作の最初の一冊なのだが、彼女はこれを、母フェルナンドの死から書きおこし、ついで母の家系をたどるという独創的な手法を用いている。しかも、構成のあたらしさに比べて、語りはあくまでも古典的に抑えられている。フェルナンドのお産を中心に語られる冒頭の章では、「すべての人が、それぞれの明確な役目をもっていた」遠い時間のなかで、産婦の夫や医師、召使たちが、ひっそりと、あるいは慌ただしく行き来する寝室のありさまが、陰影のある奥行きの深い筆致で描かれていて、読者は、一瞬、レンブラントやフェルメールの絵のなかに自分が深くはまりこんでしまったような、ふしぎな錯覚に捉えられるだろう。

ユルスナールは、これらの作品を「自伝ふう」と定義しながらも、通常の伝記様式にしたがってじぶんの生い立ちをのべることをしない。あらゆる感傷を吹きはらうように、作者は母の死を起点として歴史を遡り、古文書と聞き書きをもとにして、リエージュの名家であった母の先祖が、また、家と地方と国々がたどった軌跡を、たとえばフランドル地方の、あのくすんだ家々のファサードをつくりあげた煉瓦職人の緻密さで再構築していく。戦争で手柄をたてて地位を獲得する中世の騎士、裕福な商人の娘をめとって財産を確保する近世の貴族、在来の宗教にあきたりず、教会当局から追われる異端者や、緑の谷を見下ろす十字軍時代の砦を住みやすい居城に改築させるリエージュ政府の高官。それらは、たぶん、私たちがかつて歴史の本で読んだことのある大小の「事件」や「戦争」や「条約」の周辺にあって、ヨーロッパのどの国にも存在した人たち、たがいに仲が良かったり憎みあったりしながら、いっぽうでは力をあわせて農民を支配し、異端を排しながら、それぞれの国に特有な教養や趣味のかたちを形成してきた人たちの肖像に重なるものだったにちがいない。

だが、ユルスナールにとって、歴史は過去だけに閉じ込められてしまわない。ある日、先祖が築かせた壮麗なフランドルの居城をたずねて、彼女は、城をとりまく、かつては黄水仙の咲きみだれた野、商人宿のさかえた街の環境が、〈現代の魔術〉である重工業の浸潤によって、毒され、破壊されていく過程に触れ、現代社会の直面する危機について思索する。こうして読者は、ほとんどそれと気づかないうちに、これまではじぶんになんの関係もないと固く信じていた、ドイツ国境に近いリエージュの町にふしぎな郷愁をおぼえ、この家族の物語にのめりこんでいく。

リリはいったいどんな家に生まれたのだったろう。読みすすむページのなかから、おもいがけなく、じぶんのなかにあった唯一のリエージュ人の記憶が、淡い蜃気楼のように立ち上がって、私をおどろかせた。

リリは、一九五三年ごろ、私が泊まっていたパリの学生寮の台所係だった。寮を経営していたのは、カトリックの若い女性たちがつくっていた一種のボランティア・グループのメンバーで、リリもそのひとりだった。ラテン地区のしょぼくれた彼女たちの寮に私がいたのは、寮費がよそとくらべて格安だったからだが、入寮してから、大学の近くにはもっと「高級」な《インターナショナル・ハウス》という名の学生寮があって、そこには、ヴェトナムやアフリカなどから来ている植民地の子は入れないのだと聞かされ、自由と平等のパリで、と信じられなかった。人種の区別なしに学生を受け入れるボランティア団体の学生寮が必要だったのにはそういう理由があったのだ。その話を聞いて周囲を見まわすと、私の周囲は、第三世界からの人たちが大半で、白人はごく例外にしかいなかった。

こんなところ、と同室に入ってきた、もと植民地生まれのフランス人学生がいった。わたし、とても暮らせないわ。ねえ、だれにもいわないで。でも、わたしが現地人なんかといっしょに住んでるって知ったら、両親が気絶しちゃうわよ。金髪のカトリーヌが、持ってきたトランクの鍵も開けないまま、部屋さがしに明け暮れたあげく、そういって部屋を出ていったのは、パリに着いて二週間も経たないうちだった。

リリに話を戻そう。

比較的若いボランティアにまざって、リリだけが中年といっていい年恰好だったが、その年齢のためにも彼女は、私たち寮生にとって貴重な存在だった。あまり年の違わない寮の経営者たちと学生の関係がぎくしゃくすると、私たちはよく、リリにとりなしをたのんだ。リリに話すといいよ。あの人はベルギー人だから、フランス人みたいに理屈だけで迫ってはこない。寮長のテレーズと話が嚙み合わなくて途方にくれていた私に、ある日、マルチニックから来ていたリュシーが、教えてくれた。リリのとりなし上手は、ドイツやフランス、オランダにルクセンブルグと、大小のそれぞれに口うるさい国にとりまかれたベルギーという国の人たちの国民性によるものだったのか、それとも彼女のおだやかな性格、あるいはぐっと単純に、年の功にすぎなかったのか。

銀色にひかるブロンドの色白で、がっしりした体格のリリは、とびきりの料理上手でもあった。やりくりもなかなかの腕前で、私たちの払っていたわずかな食費をどう工面するのか、秋にはウサギ肉と栗とキノコを煮込んだり、冬の寒い日にはソーセージにそえてとろけるようなマッシュド・ポテトをつくったり、チョウセンアザミの季節にはおかわりを準備してくれたりして、レストランなどには行けない私たち貧乏な外国人学生をよろこばせた。おいしい料理が出た夜は、みんなが台所にむかって拍手をおくる。ブラヴォ、リリ！　すると、彼女は銀色のあたまを台所からつきだし、そのころ流行った映画のジェラール・フィリップよろしく、片手を胸にあて、もういっぽうの手で帽子をさっととるまねをして、みなを沸かせた。

リエージュには行かないの？　その年のクリスマスの休暇に私がベルギーに行く予定だと聞いて、リリがちょっといきごんでたずねた。リエージュって。私は、そんなことあたりまえでしょ、といわんばかりに勢いよく返事した。行かないわ。ブリュッセルから、ガン（ゲント）、ブリュージュ、そしてオスタンドまで海にむかって西へ行きたいの。

リエージュなんて、名も聞いたことがないのに、と私は思ったが、リリは、なあんだ、とがっかりした表情をみせた。

地図をひろげると、リエージュは、四十年まえのその冬、私が旅をしたブリュッセルから西に連なる町々とはちょうど正反対の方角にあたっていて、ベルギーの東端、ドイツとの国境に接した都市だ。フランス語ではエクス・ラ・シャペルと優雅な名で呼ばれる、かつてシャルルマーニュが君臨したアーヘンからはわずか四〇キロほど、東京を横切るくらいの距離だし、近年、ヨーロッパ統合条約が結ばれたオランダのマーストリヒトは、もっと近い。リエージュはフランス語名で、一般にはそのほうが通りがいいが、公用語が二つの国語というこの国の慣習で、地図には、フランドル語の〈ルイック〉という名も併記されている。

リエージュ出身のユルスナールの母親の名字は、正式にいうとカルチエ・ド・マルシエンヌ。彼女の家系については、自伝三部作の第二部、『北の古文書』にもくわしく述べられているが、フランス系だということは名字からも瞭然としている。ついでにいうと、マルグリットの本名である、クレーネウェルク・ド・クレアンクールという名は、前半がフランドル系、後半がフランス系だ。先祖は、国境の町リルに近いバイユルの出身だった。

『北の古文書』のなかで、ユルスナールは、バイユルから遠くない、フランドル地方の日常語について書いているが、それによると、彼女が育った北フランスのベルギー国境に近いモン・ノワール近辺では、フランドル語は子供のときのことば、フランス語は学校に上がるようになってからの、いわば〈おとなのことば〉だった、と書いている。パリの学生寮でおいしい夕食を作ってくれた、私たちのリリの姓は憶えていないけれど、フランス系だったのか、それともフランドル系だったのか。

近世になって国家の概念が大陸とそこに暮らす人々の心をずたずたにひきさいてしまうまでのヨーロッパは、ことばや、川の流れや森の広がりなどによって、今日よりはもっと（政治的でないという意味で）、自然な分かれ方をした土地だった。どこの国の人間というよりは、どの地方のことばを話すかのほうが、たいせつだったにちがいない。

あるとき、これは長年、日本に住んでいるベルギーの友人、ルイと話していて、彼が、ぼくたち、フランス人はねえ、といって私をびっくりさせたことがある。あら、あなたベルギー人じゃなかったの？　私が彼の青い目をのぞきこんでたずねると、彼は、うるさいなあ、いちいち、というふうに、肩をそびやかした。政治と土地は関係ないんだよ。そんなものでは分けられないものがあるさ。ぼくらは、ベルギー人みたいな、フランス人みたいな、さ。要するにどっちだっていいんだ。ぼくの両親だって、兄弟だって、ぼくの周囲の人間はみんな、だいたいそういうふうに思ってる。

そのとき、友人のいったことが島国人の私にはうまく理解できなくて、彼のことがなんだか疎ましくさえあった。〈どっちだっていい〉なんて、不真面目すぎる、そんな気がしたのだ。ところが、ユルスナールの自伝、とくに『北の古文書』を読んでいてああそうなのかと思いあたった。フランス系の名字にもかかわらず、ブリュッセル出身の友人ルイは、きっとフランドル人なのだ。そうにちがいない。そういえば、七十をこえた彼の骨太な体格は、写真のユルスナールにどこか似ていなくもない。

「がっしりとした骨格の、突き出た頬骨と太い二本の眉に囲まれて、冷たい、深い青の目がある（……）。口は大きくて、ゆったりした感じだが、顔の下半分には、ちょっと甘えっ子のような、軟弱なところがあった」

これはユルスナールがえがく曾祖父ミシェル・シャルルの面影なのだが、まるで私の友人、ルイの肖像といってよいくらいだし、男女の差からくる違いはあっても、また、性格的な違いはべつにしても、写真でみるかぎりでは、ユルスナールにも似ている。

フランドルの人たち。平生は、勤勉で商才に長け、気はいいが、ちょっと鈍重だといわれたりして、フランス人たちには尊敬されたり、ちょっと軽蔑されたりしている彼らだが、フランスはもとより、オランダに占領され、スペイン王冠の付属品にされたかと思うと、ドイツ軍に踏み荒され、そのたびに他国のことばや慣習を強いられて、じつに多くの苦労を重ねてきた。国籍なんて大国のいいわけにすぎないのを、だれよりもよく知っているのが彼らかもしれない。

私がフランドル＝フランダースという地方の名をおぼえたのは、おそらく多くの日本の子どもがそうなように、あの木靴をはいた少年ネロと犬とおじいさんの物語、『フランダースの犬』を読んでだった。ルーベンスという画家の名を覚えたのも、あの物語でだった。

そのつぎにこの地方の名に出会ったのは、イギリスの詩人が書いた、フランダースの野に赤いケシが咲いて、という詩行だった。第一次世界大戦の激戦地だったこの地方で戦死した兵士たちをとむらう詩で、むごたらしい、現代の戦争を見てしまった私たちには、ずいぶん牧歌的にもおもえた。

ほんとうに、ケシが野を染めるほど咲くんですか。その詩を授業で読んだとき、私はアメリカ人の教師にたずねた。もちろんです。そう答えはしたものの、先生は口ごもった。わたしも見たことはないのですけど、話には聞いています。目がさめるように美しいそうです。ヨーロッパに行ったら、野原いちめんに咲く赤いケシを見たい。戦死した兵士の話はともかく、その詩を読んで、私は、ヨーロッパのケシの野にあこがれた。それにしても、いったい、どの季節に咲くのだろう。きっちりと暦にはめ込まれている日本の花々と違って、フランダースの野に赤いケシが咲く季節について、イギリスの詩人はまったく気にしていないようだった。

自伝の第三部で未完に終わった『なにを？　永遠を』は、三冊のなかでユルスナールが自分の幼時の記憶をどこよりも多く語っている部分だが、フランドルのケシはここにも登場する。「わたしはモン・ノワールの台地につづく急な傾斜を、高く茂った草をかきわけて登っていく。まだ、草は刈っていない。ヤグルマソウや、ケシ、ヒナギクがいちめんに咲いていて、うちの女中たちは三色旗にこじつけるのだけれど、わたしはそれがおもしろくない。わたしにとって、花はただ花であってほしいのだから。でも、五、六年のうちに、この『フランドルの丘のケシ』が死者たちの栄光につながるのを、わたしたちはまだ知らない。やがてこの土地で殺されることになる何千という若いイギリス兵たちの眠りを守る、まさに聖なるケシたちになることを……」

赤いケシではないけれど、ユルスナールは、青い亜麻草の花が、見わたすかぎりの畑に揺れている風景を『北の古文書』のなかにえがいている。私がフランスに渡った五〇年代の初頭には、もう亜麻の栽培はおそらく行なわれなくなっていたのだろう、ケシに染まった野はいたるところに見られても、青い花がいちめんに咲く、亜麻草の畑などというのは見かけなかったし、だれからも聞いたことがなかった。

中世、フランドル地方の都市は、それぞれ独自の経済機構のうえに自立していて、おもにイギリスと商業でつながっていたといわれる。主要な取引の対象となったのは、有名なフランドルの毛織地、そして亜麻布——リネン——だった。

「化学繊維のリネン類に支配されている今日、亜麻布の栽培はごく稀でしかない。数年まえ、わたしは、名もないアンダルシアの村で、空と海のように青く染まった亜麻草畑のそばを歩いていて、じぶんが現実にそこを歩いているというより、遠い夢の中にいるような、深いよろこびにつつまれた。クレーネウェルク家が最初のエキュを手に入れたのは、まず亜麻草の売買から、そしてやがては、どすぐろい、粘り気のあるフランドルの運河の水で晒した、雪のように白い亜麻布のおかげだった」

『北の古文書』にあるこの「亜麻草の栽培」**la culture du lin** というフレーズを、私はあやうく〈リネンの文化〉と理解するところだった。ヨーロッパの古い家柄の女たちにとって、リネンはほとんど文化といっていいからだ。何年かまえまで、結婚を意識する年頃になると、娘たちは〈雪のように白い〉シーツや枕袋やテーブル・クロスを刺繍糸で縁どりし、それに自分のイニシアルを縫いつけていった。娘が〈ちゃんとした相手〉と結婚するためには、持参金とリネンが必須の条件だったし、たとえなにかの理由で持参金が用意できないことはあっても、リネンをもたない花嫁なんて考えられない。そこで、まずしい娘は木綿で、裕福な娘は亜麻布で、一生かかっても使いきれないほどのリネン類を、自分の手で、あるいは住み込みのお針子たちの手で、縫いあげていった。

しっとりとからだにまといつくようでいて、けっして汗じみることがない、あの高貴な純白のリネン織りのシーツにくるまった切れぎれの記憶が、まるでヨーロッパ文化そのものにくるまれたかのように幸福な錯覚をおこさせた記憶が、「栽培」を「文化」と取り違えさせたのではなかったか(もしかすると、このふたつはおなじものかもしれないのは、「亜麻」というところを「コメ」に換えてみると、私たちにもよくわかるのではないか)。

それにしても、亜麻草の畑が「海や空のように青く」染まっていたと形容したとき、ユルスナールは、自分が生涯に出会った中の、どの空を、どの海を心に描いていたのだろうか。父といっしょに、若いころ愛し、めぐり歩いた、イタリアやスペインや南フランスやギリシアの、太陽にきらめく地中海の青だったのか。それとも、幼い日、父やいとこたちと夏をすごした、オスタンドに近い海辺の、どこか暗さの残る北国の空と海の青さだったのか。

*

海が鳴っている。くぐもった、暗いその海の音が、私には、こんな季節はずれの時期に、こんな場所に立ちつくしているじぶんを叱りつけているみたいに聞えた。おまえはパリにいて、勉強しているはずではないか。なにから逃げて、こんなところにいるのか。

風と雨が顔に吹きつけ、髪がひたいに貼りついて、傘をにぎりしめる手の感覚がほとんど感じられない。大西洋の岸に立ってみたい、そう思ってはるばるやって来たオスタンドの海は、つめたく背を向けたように、しぶきをあげ、気味わるく鳴りつづけていた。

一九五三年の夏、パリに着いた。神戸から四十日かかった船旅のあと、パリにも夏が待っていると確信してリヨン駅に降りたつと、肌さむい秋の風に紙屑が舞っていた。二、三日すると、もう街路樹の大きな葉が音をたてて散りはじめた。

大学がはじまるまでに土地に慣れたい、そう思って八月にパリに入ったのだが、授業が開始される十月までのあいだ、夏休みでだれもいないこの街で、どう時間をすごせばよいのかわからなかった。歩く、といっても、どの家もがしっかりと大扉を閉ざしたこの街路を、どうやってひとり、たどればよいのか。ひたすらおそろしいばかりで、まるで火事に焼け出された猫みたいに、私は、四階にわりあてられた寮の部屋にとじこもって、最初の何日かをすごした。

不機嫌な公務員たちにたらいまわしにされたあげく、どうにか入学の手続きを終えて講義に出はじめはしたものの、教授のフランス語を理解するのがせいいっぱいで、とてもその先を考える余裕はもてなかった。その心細さに追い打ちをかけるように、五三年はヨーロッパぜんたいが記録的な寒波に襲われた冬をむかえ、すでに九月の声を聴いたころから、もうコートなしには外出できなかった。じぶんはいったいなにをしにこんな遠くまでやってきたのだろう。朝、凍りついた道を、一歩一歩、すべらないように気をつけながら大学の図書館に向う道すがら、じぶんはどこでなにをどうまちがえてこんなところに来てしまったのか、と自問しては暗い気持になっていた。すこしパリを離れてみてはどうかしら。そう、寮の友人たちにすすめられて出かけたのが、ベルギーへの旅だった。

パリを発ったのがクリスマスの前日で、私たちは、若いコンセルヴァトワールのピアノ科の生徒も哲学の大学院生もオペラ座のバレリーナも、貧乏という以外には区別なしにまざった、日本人ばかり十人ほどをほぼ同数のフランス人ボランティアが付きそってくれるという、そんなグループだった。休暇になると行くところのない外国人の学生たちのために、フランスの人たちが安いバス旅行を企画してくれたのだった。せっかくそこまで行くのならと、国境に近いランスまでみなと行動したあと、私はある友人とふたりだけで、ベルギーまで足をのばすことにした。ブリュージュに行こう、と彼がさそってくれたのだった。たった、二日ほどの旅、泊まる場所も、私は女子学生寮、彼はジェズイットの修道院と離ればなれなのに、私は、男の子とふたりだけで旅をするという、それだけのことに、身も心も固くなっていた。

天候は、パリを出たときから惨めだった。ベルギーに入ると、旅の疲れもあったのだろう、それに心細さが重なって、厚地のオーバーコートにもかかわらず、寒さが身にしみた。ヨーロッパの人間が夏と冬では違う靴をはく、ということさえ知らなかったから、雨に濡れた靴を通して、冷気が背中に這い上がった。

ブリュージュに行って、ベギナージュを見に行こう。それが友人の提案した計画だった。運河に囲まれた小都会ブリュージュには、ベギナージュと呼ばれる古い女子修道院があるはずだ。私はなによりも、オスタンドまで行って、北の海を見たかった。

ベギナージュは十三世紀に領主の妻によって設立された、ブリュージュ特有の一種の女子修道院で、日本でも長崎だったかに、かつて「女部屋」と呼ばれ、未婚の女性を迎えて教会の仕事に従事させた施設があったと聞いたことがある。ブリュージュの場合は、結婚しない、そしてこれといって資産のない女たちが、威厳をもってしずかに信仰生活を送ることができる、そんな場所だったという。ベギーヌというその修道院の女性たちを指すことばが、フランス語では、信心に凝り固まった古風な女の意味に用いられることも、私は当時はまだ知らなかったのだが、女がひとり職業をもって社会に生きることの難しさについては、ずっと考えていたから、それはそれで興味のある場所のように思えた。

冷たい霧の中、せまい運河のほとりに、なにもかもが清潔なかたちで整頓された、ひっそりと木陰にかくれるような白壁の家々、それがベギナージュだった。こう書きながら、私は、もしかしたら、じぶんの記憶のなかのベギナージュは、おなじ旅の途中、ブリュッセルの美術館で見たブリューゲルの絵ともつれあっているかもしれないと思う。いずれにせよ、黒と白の法衣をつけ、うつむいて行きかう、人形の家のコビトたちみたいなベギーヌ修道女たちには、現実感がすっぽりと抜けているような、たよりなさが感じられた。現世とは違った歴史の速度が、ブリュージュの霧の中を流れているようだった。そのとき、ひとつの疑問があたまに浮んだ。戦争のあいだ、このひとたちはいったいどこでどんな暮しをしていたのだろう。霧の底に沈んだきり、ふたたび水面に浮上するのを拒んでいる生物のように、裸の木々の下を声もたてずに行きかう彼女たちにも、やはり血まみれの戦争の時間は流れたに違いなかった。

オスタンドに着いたのは、午後の時間で、日があるうちにと、私たちは教会も美術館も見ないで、まっすぐに海岸をめざした。なにをその海に期待していたのか、いまもはっきりとはわからないのだが、海岸の防波堤に立ったとき、私は、海が、それまでじぶんの中にあったどの海のイメージとも異なっているのに気づいた。

灰色の雲にとざされた風景の中を、雨が横なぐりに吹きつけて、波がしらの白さが、牙をむいて飛びかかってくる獰猛な野獣に見えた。わざわざじぶんが海を見たくてここまで来たというのに、いまは一刻もはやくこの海岸を離れたかった。海浜にならぶ、どれも七、八階はある威圧的な建物は、泥炭のような色の外面にもかかわらず名のあるホテルやカジノで、夏、この海辺は、贅沢な海水浴客でにぎわうのだという。だが、どの窓も、何十年もそのままだったかのように、固く閉ざされていた。パリに帰ったところで、すぐにはなにも変らないことぐらい、わかりきっていた。

子供のころ、岩場をつたって、日がないちにち、歓声をあげて遊びほうけた白い砂の浜辺が、小さい足をサイダーみたいにやさしく洗ってくれた波が、ふとなつかしかった。

一九二九年

ぺたぺたというような軽い靴音がうしろから走ってきて、だれかが肩を叩いた。ふりむくとやっぱり、ようちゃんだった。彼女はいつも、きゃしゃな足によく似合う、やわらかい革の横で留める靴をはいていて、あまり足をあげないで走るから、こんな音になる。ようちゃんだなって靴の音でわかったよ。そういうと彼女はうれしそうな顔をして笑った。笑うと、両の頬にふたつ、きゅっとえくぼがへこむ。

この本、カトリックの人は読んではいけないことになってるらしいんだけど。まるでなんでもない通行人のせりふみたいに、彼女はそういいながら、肩が触れるほど近くまで寄ってきて、小さな本を私の目のまえにさしだした。ジッドの『狭き門』だった。叔父たちの本箱にあるのを見たことはあったけれど、おとなの本にさわってはいけないといわれていたから、私は読んでいなかった。もういちど、なんでもないように、彼女は、肩に掛けていた非常食用の乾パンや空襲で怪我をしたときのための三角巾などを入れた私の〈救急袋〉に、角のまるくなった岩波文庫をつっこみながら、つづけた。教会はどう思うのか知らないけれど、これはこれで、なかなかいい本だと思うよ。

一九四四年の秋、十五歳で女学生だった私たちにとって、軍用飛行機の部品を造る一日の作業を終えたあと、学校から駅までの紅葉しはじめた桜並木の坂道を降りながら本の話をするのは、こころからほっとする時間だった。こんな時代だから、と彼女はいつもいった。いっぱい本を読みたいの。〈こんな時代だから〉とは考えてもみなかったなあ、私は思った。じぶんは、ただ、読むのが好きで読んでいるだけで、学校の授業にじゃまされないで、本が読めるのがうれしい、それだけのことにすぎなかったから、ようちゃんのいう〈こんな時代〉と〈本を読む〉があたまのなかで、よく繋がらなかった。一事が万事で、彼女のいうこと、知ってることは、いつも、私の考えていることの何歩か先を行ってる、そんな感じだった。

生まれたのは私とおなじ一九二九年でも、ようちゃんのお誕生日は三月の終わり近くだったから、小学校一年生のころの彼女は、見るからにきゃしゃで、上靴の留めボタンがうまくかからないといっては泣き、毎日、学校までつきそってくるばあやさんが先に帰ってしまったといっては泣いた。そのたびに、五年生か六年生ぐらいだったふみ子姉さんが廊下を走ってきて、ようちゃん、もう泣かないで。一年生になったんだから、泣いちゃおかしいよ、とほとんどくるぶしにとどくほど長い制服のスカートに、ちぢれ髪のようちゃんの小さな頭を包み込むようにして、なだめた。泣くと、色白のようちゃんの頬が、紅玉リンゴみたいに赤くなった。

小学校の三年になった春、私は父の転勤で関西から東京に移った。あたらしい学校にも慣れて、ようちゃんのことも、ほかの友人たちのことも、すこしずつ忘れはじめたころに、戦争がいよいよひどくなって、私は、もういちど、もといた関西の学校に戻ることになった。戻る、とはいっても、その春、新学期が始まるとまもなく、教室の一部が作業場に改造され、女学校四年生の私たちは実習訓練を受けて六月には正式の工員に採用され、お給料をもらうようになった。その間、教師たちのなかにも混乱があったのだろう、授業が忘れ去られたかたちになったのは、私にとって大きなさいわいだった。

〈丘のうえの学校〉の友人たちは、八歳のときから十五歳になるまで会わなかったあいだに、みんなすこしずつ、変っていた。仔犬みたいにふざけあっていた小学校の一、二年生のころとちがって、お昼になっておべんとうを開くときなどになんとなく集まるグループができていて、しばらくのあいだ、私はそのどれにも入れなくて、行きあたりばったりで日を過ごしていた。ともだちほしさにわざと道化てみせて、くったくのない笑いが返ってくるかどうか、笑いに棘がまじっていないか、まるで化学室でリトマス試験紙が赤くなるかどうかを待っているときみたいに、息をひそめてみんなの反応をうかがうこともあった。ようちゃんは、そんな私をずっと遠くから見ていたにちがいない。泣き虫の一年ぼうずだった彼女は、私のいないあいだにすっかり成長して、そっと触れるだけではたはたと葉を閉じてしまうネムの木のように、じぶんを護る用心深さを身につけていた。

私が東京に行っているあいだに、ようちゃんはお父さんを失くしていた、それも彼女が成長した理由かもしれなかった。家族は、お母さんと、女ばかりの六人きょうだいで、ふみ子姉さんのつぎがようちゃんで、このふたりは年が離れていたが、あとはみんな二、三年の間隔で、おなじ学校の生徒だった。四人の妹たちは、ようちゃんとおんなじにまるい顔の子と、ふみ子姉さんみたいな面長な美人系の子がふたりずつで、ちょうど半々の割合だった。ときどき学校の先生に会いにくるお母さんは、髪の毛がひたいの生え際のところで小さくちぢれていて、それがようちゃんとそっくりだった。

お父さんが生前どんな仕事をしていたのか、ようちゃんは、そのことについてはなにもいわなかった。思いきってたずねても、うう、というふうに、ごまかすのか、ひとにいいたくないのか、よくわからない返事をしたり、話題をすっと変えてしまうこともあった。クラスのたいていの子が、おとうさん、おかあさんと両親のことを呼んでいたのに、ようちゃんだけは、とうさん、かあさん、と「お」をはぶくので、私には女ばかりのようちゃんの家族が、子供のときに歌った童謡に出てくるひとたちみたいに思えた。とうさんの書斎、というのがときどき話に出てきたが、書斎なんて、いったいどんなことをする部屋なのか、商家にそだった私には想像もつかなかった。

郊外電車の駅にむかって桜並木の坂道を降りながら、ようちゃんが私とことばをかわすようになったのは、私が関西に帰って数か月は経ってからのことだった。こちらも、彼女の、むかしは気づかなかった茶色がかった澄んだ目や、首をかしげてこっちのいうことの重さをはかるようにする仕草になんとなく惹かれていたから、最初、むこうから話しかけてくれたときは、うれしかった。どちらも本が好きだとわかってから、私たちは急速にしたしくなった。それは、悪いあらしのような反抗期をようやく抜けだして、やっとじぶんとの和解の道がみえてくる年齢に達したということにすぎなかったのかもしれないのだが、本のことを彼女みたいに話せる友人には、東京にいた八年のあいだひとりも会わなかったから、私はようちゃんと出会えたのを、〈やっぱりもといた学校はいい〉と考えて、ほっとしていた。

本の話はしても、ようちゃんは、いつもふっくらしていた。それも私が彼女にはかなわないと思う理由のひとつだった。色の白い手もぷくぷくしていて、冬、しもやけができても、ようちゃんの手から女らしさは消えなかった。いいねえ、ようちゃんはきれいで、と私がいうと、彼女はちょっとハシバミ色の目をまるくして、ばかだねえ、わたしのことをきれいだなんていったら、笑われるよ、と赤くなった。

もうひとつ、ようちゃんが、それまでの友人と違うところがあった。それは、彼女のいうことが、じぶんには、ぜんぶ理解することはできないけれど、つねにこっちよりもすぐれている、というふしぎな感覚だった。勉強ができるからとか、そういうのでもなく、また、先生たちが教室で説明する事柄が理解できないときの、あのちりちりしたいらだたしさとも別で、ようちゃんの話を聴いていると、いろいろなことをもっとわかるようになりたいという欲望がふつふつと湧いて、あたま、というのか、精神が丈夫になるような気がした。

むろん、ときには、ようちゃんが、なまいきだなあ、と気にさわる日もあった。読んだ本の著者をいばってけなしたりするときなどがそうで、〈本を書く人は、わたしたちとは比べられないほどえらいのだ〉と思いこんでいた私には、ようちゃんの自信満々な態度がなまいきにみえて、すんなりと受け入れられなかった。それでいて、積み木の三角と四角を組みあわせるみたいに、こわがらないで、自由に、考えのかたちを変えてみせる彼女が、私はうらやましかった。

だれにもいわないでね。ようちゃんがそういって大切な秘密をうちあけてくれたのは秋も深くなってからで、そのころ、私たちは本の話のほかに、毛糸の手袋を編むことに熱中していた。戦争で毛糸などもう店では売っていないのに、彼女は、かあさんが若いとき買ったのが、うちの倉に残っていた、といっては、つぎつぎにきれいな色の糸を持ってきた。私も、古いセーターをほどいたり、押入の奥からひっぱり出した箱に残っていたりした毛糸で、つぎつぎと級友たちの註文を受けて編んだ。

ようちゃんが編む手袋は、ミトンというのか、親指だけが独立していて、あとは四本の指をぐるりとまとめて編んでしまう式の、いわば野球のミット式のかたちだったが、Mさんみたいに四本指を別々につくらないのは、めんどうだからというのではなくて、そのほうが、手の甲の部分にいろいろな色で模様を編みこむことができるからだった。オレンジの地色に空色と白と黄色を混ぜたり、地色を黄色にしたり、予期しない彩りの手袋を、ようちゃんは、あたまのなかに魔法のクモを飼っているのではないかと思うくらい、彼女しか考えつかないデザインの手袋を、まるっこい指の先に毛糸をひょいひょいひっかけて、手早く編んでいった。

おなじ作業室にいたMさんは、一年うえの上級生だったが、器用さという点では、ようちゃんより一枚上手だったかもしれない。ふとい毛糸を竹の編棒でざくざく編んでしまうようちゃんや私と違って、Mさんは、極細毛糸で編んでいた。色も紺とか黒とか一色だけで、〈まるで買ったみたいな〉とみんなが感心した。ようちゃんも私も、パン屋かなにかの紙袋に編物一式を入れていたけれど、Mさんは、そのためにわざわざ縫った、かわいらしい花もようの裂れの袋を大事そうに〈救急袋〉からとり出しては、編んでいた。でも、Mさんは、ひとの手袋なんてとても編んでるひま、ない、といって註文は引き受けなかったから、結局のところ、ようちゃんと私が、まるで御用達みたいに、クラスの人たちの手袋を編みつづける羽目になった。

あの秋から冬にかけて、私とようちゃんは、じぶんたちが一生かかってもまだ使いきれないほどの手袋を編んでしまったような気がする。

ようちゃんが彼女の大事な秘密を打ち明けてくれたのは、ちょうど私たちが掃除当番の日で、みんなにすこし遅れて坂を降りていた。はやくしないと駅に着くまでに日が暮れる。〈こわい男〉が出るという、そんなうわさがよくひろまった淋しい坂道で、私たちは早足でつまさきだって歩いていた。そのとき、なんのまえぶれもなく、彼女が私に宣言をした。わたし、と彼女は話しはじめて、ちょっと息をついた、その息のつき方がいつもとちがったから、彼女の顔を見ると、なにか目がしんとしているような、ふしぎな表情をしていた。こちらのそんな気持にはおかまいなく、ようちゃんはつづけた。わたし、K先生について、カトリックの教理を勉強してるの。だれにもいわないでね。でも、春になったら洗礼を受けるつもり。へええ、と私は呆気にとられ、おもわず足をとめて彼女の顔をもういちど見つめた。K先生というのは、学校が工場になってしまったことで、だれもがひび割れたような気分になっていたそのころも、ただひとり、という感じで生徒たちの信望をあつめていたイギリス帰りの女の先生だった。

そのころ、やはりおなじ作業室にいたIちゃんがカトリックだというので、私は彼女を質問ぜめにして困らせたことがあった。どうして、あなたは神さまなんて信じるの。人間は信じられないの。いじわるな私の質問に、暗い目をして、彼女はこたえた。あなたみたいな人の、いいかげんな質問にはなにも返事できないわ。質問がいいかげんであることはじぶんもわかっていたから、私は恐縮して退散したのだったが、Iちゃんの暗い目は、あてずっぽうな私の質問なんかよりずっとつよそうに見えて、気をそがれた。そんなとき、じぶんにとって大切な友人のようちゃんが、K先生と教理の勉強をしているばかりか、春には洗礼を受けてカトリックになると聞いて、胸の底がどきんとした。どうしてまた、いまのこんな時代に、ようちゃん、そんなこと考えたの？

時代とは関係ないよ。そういって、彼女は老人みたいにしわっと目をつぶった。自分の考えに自信があるときの、それは、彼女のくせだった。だいじなのは、じぶんがどう生きたいか、なんだから。いろんな本を読んでいるうちに、やっぱり洗礼を受けようと思ったのよ。へええ、私はもういちど、うなった。よくわからないけど、すごいねえ。ようちゃんは茶色い目をきらきらさせて、息をぐっとすいこんでから、うれしそうに笑った。

『狭き門』を私にといって彼女がもってきてくれたのは、それからまもなくのことだったから、私はもういちど、呆気にとられた。カトリックの人たちは、読んではいけないことになってる本を、あなたは読んだの、というと、うん、と彼女はちょっと口をとがらせて、首をこっくりした。まだ洗礼受けたんじゃないし、それにK先生にたずねたら、ほんとうにいい本なら、古典っていわれる本なら、教会がなんといおうと、読んだほうが勝ちに決まってるって。私はいよいよ、わけがわからなかった。ただ、ようちゃんとK先生のあいだには、おとなどうしの会話があるように思えて、そのことが、目をあいていられないようにまぶしかった。

＊

『狭き門』の女主人公のアリサという名が、まるでうやうやしい護符のように、私たちよりもいくつか年長の人たち、男だと戦争に行ったか行かないかの世代の人たちに大事にされていることを知ったのは、私がようちゃんにすすめられてこの本を読んだときから十年ちかく経ってからだった。戦争が終わってパリに留学してまもないころで、じぶんの家族以外では初めて、文学書を読む種類の日本の男たちに私は出会い、アリサという名が、彼らにとって、はてしなく胸をときめかせるものであるのを知った。

なかでも親しかった数学者の友人は、文庫本の訳で読んだ『狭き門』の気に入ったいくつかの箇所を暗誦できるほどで、東京に残してきた恋人のことを、ぼくのアリサと呼んだりした。たしかに彼はすてきな人だけど、と私は思った、ぼくのアリサはちょっと困るなあ。

戦争中、ようちゃんにすすめられて読んだ『狭き門』を、私は、息ぐるしくてあまり好きになれなかった。異性を愛することについては、本で読んだほかは、なんの経験もなかったから、それをじぶんに重ねてみるのは、なんとなく気恥ずかしかった。でも、アリサがジェロームを慕いながら拒む、ということについては、作者が意図した深さがあるのかどうか、私には理解できなくて、ただ、彼女みたいになにもかもをつきつめて考えたのでは救われない、と思ったあたりで私の思考は壁につきあたった。ジッド（そのころは、ジイドというのがふつうだった）は母親がプロテスタントできびしい女性だったと、これもようちゃんが教えてくれた。この作者をじぶんが好きになれないのは、そのせいかもしれない、と思ってもみたが、プロテスタントが自分たちの学校が標榜しているカトリックでない、ということ以外、ふたつの教会の流れの由来について正確な知識があったわけでもなかった。ただ、清純、とか、純粋、のような価値を進んで求めるのがプロテスタント的だとしたら、男女というものがあるかぎり、それは理論的すぎるように思えて、現実には合わない気もした。

『狭き門』にこころを動かされることはなかったとは書いたが、こころにひっかかるというのだろうか、それがわからないのは、じぶんの理解力がたりないからだ、という戒めのような感じがこの作品にはつきまとっていて、それがながいこと私には気になっていた。

アリサを崇拝していた友人が、ほとんどぜんぶ暗記していた第七章のなかで、こんどこそ婚約を結ぼうと心にきめて故郷に帰ってきたジェロームが、樹木がいっせいに花をつけた薄暗い小道でアリサに出会うところなどは、樹木の息づかいが聞こえてくるようで、魅力的だった。

それでも、どこか湿気たシーツみたいにからだがしんと冷たくなるような、水がたえず足もとを流れている夢みたいな、ひそやかな心細さが物語ぜんたいを暗くしていて、私はなんとなくいやだった。このふたりの男女が、それぞれ、じぶんの決意みたいなものに閉じこもりすぎているようにみえる、と私はアリサの好きな数学者にいってみた。とくに、アリサのかたくなさが不可解に思える、と。彼はちょっとあわれむような目をして、こんなことをいった。きみには、わからないだろうか。もしかしたら、女のひとには、こういった純粋さは理解できないのかもしれない。

私は、桜並木の坂道で靴先をちょっと内側に寄せて立ちどまったまま、夕暮のなかで白い歯をみせて笑っていたようちゃんの顔を思い浮かべた。彼女だったら、どう考えただろうか。

『狭き門』をひらく鍵が、精神性、ということばではないかと思いついたのは、数えきれないほどの時が経ってからだった。あるとき、私はミラノの大聖堂がしんそこからじぶんを納得させなかった理由について、考えていた。

『狭き門』を好きになれなかったのとはすこし違うのだが、私は、ミラノの大聖堂のゴシックが、どうしても腑におちなかった。後期ゴシックですから、とか、南ではゴシックは育たない、ともっともらしい説明はよく聞いたけれど、そんなことではなくて、そこにはなにか、私を安心させないなにかがあって、それが気になった。ミラノで暮らしていたころで、私はミラノのすべてを好きになろうとしていた。うまくいく場合もあったけれど、大聖堂についてだけは、広場を通りかかっても、内側は見たくなかった。それを大事にしているミラノの人たちにはいえなかったし、また、みなに大事にされているものとしての大聖堂はなつかしくて好きだった。ロンバルディア平野の遠くから白く太陽にかがやいているすがたは、やはりこころを打ったのだけれど。

そのなぞが、まったくべつのことに関連して、パリのノートルダムを思いうかべていたときにとつぜん、解けた。ミラノの大聖堂は、外側だけだからだ。パリやシャルトルの大聖堂のようには、内部の緊張感が外のかたちを支えていない。パリでもシャルトルでも、恐竜の骨格のようにいかめしい飛迫壁が、幾重にも波のように重なって、あの内面の空間を守っているではないか。はじめてミラノの大聖堂をおとずれたときの、暗い落胆を、私は想いおこした。あんなに華やかで、あんなに太陽にきらめいていた大聖堂なのに、内部に一歩はいると、これは違う、となにかがささやいた。なにかが、そこにはなかった。内側は見なかったことにしよう、私はそう決めて外に出たのだった。

記憶のなかのカテドラルを追うようにして、精神性、ということばが胸に浮かんだ。精神と肉体というときの、精神だ。パリのノートルダムも、シャルトルも、精神性に支えられているのではないか。生涯のある時期に私がフランスを棄ててイタリアをえらんだ理由のひとつは、たしかにフランスの精神性をどこかうるさく感じていたからだった。五〇年代のおわりにローマで出会ったフランスの友人マリ・ノエルと私は、そのことについて、何度も、プラタナスが緑の影をさしかけている彼女の部屋で話しあった。彼女は、純粋さや精神性を重んじるフランス人の性向から、じぶんはどうにかして抜けだしたいと、いいはった。マリ・ノエルの背後には、きびしい合理性にもとづいたフランスの典型的な高等教育があった。私がイタリアに求めるものが、ただしい、と彼女は私を勇気づけた。でも、彼女には、たぶん、私がそれまでに受けた、あるいは勝手にしりぞけてきた、ばらばらでごちゃごちゃな教育/教養のことを、よく知らなかったのだ。まだそのことを自覚していなかった私は、「精神」ではなく、もっと総括的な「たましい」があると信じてイタリアに来た、と彼女に打ち明けた。その選択は、当時の私としては、それなりに当たっていた、と思う。あるひとつのことをのぞいて。精神が、知性による判断の錬磨でありその持続であることに私は気づいていなかったのだ。そして「たましい」に至るためには「精神」を排除してはなにもならない、ということにも。

『狭き門』の強靭さは、そんな、持続である精神性に支えられているのではないか。そう考えてみると、私がもともとフランスに求めていたものが、カテドラルたちの精神性にあるような気もした。そして、アリサの思考は、やはりひとつの透徹した精神性かもしれないのだった。

＊

大恐慌が世界を襲った、そしてようちゃんや私が生まれた一九二九年は、マルグリット・ユルスナールにとっても、生涯に何度、というような節目の年だった。

父親が、この年の一月に他界している。ミシェル、と彼女が自伝小説のなかで、まるで男ともだちででもあるかのように名で呼んでいるクレーネウェルク・ド・クレアンクール氏は、ながい病気のあと、スイス、ローザンヌの病院で、奔放に明け暮れた七十五年の生涯を終えたのだった。そのとき、彼はほとんど破産に近い財政状態にあったが、それは大恐慌のためというよりは、若いころから抜け出すことのできなかった浪費癖の、ごく自然な結果と判断するのがただしいようだ。フランドルの名門クレーネウェルク・ド・クレアンクール家の先祖がきずきあげた財産——そのなかには、ふたつの広大な領地と、マルグリットが幼年時代をすごしたモン・ノワールの宏壮な土地と城館があった——も、この父親の莫大な浪費を支えるためにつぎつぎと人手にわたっていた。

あとに残された彼女は、十年ほどはどうにか品位を保って生きるだけの財産をかきあつめるのがせいいっぱいだった、と伝記にはある。そのあとの暮しはどうなるのか、まったく経済的な見込みはたたず、それまでの経験から、やはり文筆を職業にするのがもっとも自然なようにみえた。

十年も先のことを心配するなんてくだらない。マルグリットはそんなふうに考えて、いよいよなにもなくなるまで現在の生活を愉しむことにしたのか。裕福な環境にそだった人には、お金がなくなったとき、そのことにひどくおびえて意気消沈してしまうタイプと、ぜんぜんそんなことには頓着せず、どこまでもゆうゆうとしているタイプがあるように思う。マルグリットはどっちだったのだろう。

いずれにせよ、十年先までの生活の保証を彼女は手にしていた。それは、かなりな幸運と私たちにはみえるのだが。彼女にとって、たいへんなことであったらしいのは、たぶん、彼女がヨーロッパ人であること、そして、彼女が平生つきあっていた社会層のしきたりと関係があるのではなかったか。その人たちのあいだでは、金銭にたいする感覚が私たちとは違っていただろうし、また、彼女の周囲に、たとえ文筆の仕事であっても、働かなければ食べていけない、といった人間は存在しなかったとも考えられる。いずれにせよ、ローザンヌのホテルに長逗留したり、ギリシアに旅行して、ギリシアと、そこで出会ったルシーという女性に夢中になったり、さらにパリにあらわれたかと思うと、シャンゼリゼの裏あたりの、けっして安くはなさそうなホテルに、月単位で泊まったりしながらの年月は、すくなくとも私たちの感覚では、とても切り詰めていたという部類には入れたくないのだが。

マルグリットは、「アルコール（少々）と男ともだち（たぶん、少々）と、女ともだち（ぜったいに疑いなく、たくさん）」には事欠かなかった、と伝記作者のサヴィニョーは記している。そして、たくさんの〈女ともだち〉に関していえば、一九二〇年代から三〇年代にかけて、パリのエトワル近くにいくつかあった、知識階級の女たちが好んで集まるティーサロンに、執筆の合間にしばしば現れ、はてしない午後の時間を、同性の仲間たちを高踏的だが他愛ない会話でけむに巻き、彼女らを幻惑して得意になっていたという。孤独どころか、とサヴィニョーは書いている、すくなくとも当時の彼女にとっては、友人や仲間に取り巻かれて気炎をあげるのが、いちばんの愉しみだった、と。

一九二〇年から三〇年にかけてのパリには、「失われた世代」やピカソをはじめフランスの前衛画家たちの「親分的」存在だったガートルード・スタインや、これも富裕なアメリカの女性で、美しいレズビアン詩人としても名を馳せていたナタリー・バーニーがいた。また、二二年に、ジョイスの『ユリシーズ』を出版したシェイクスピア・アンド・カンパニーをシルヴィア・ビーチがとりしきっていた。だが、ユルスナールの伝記の当時の部分には、どこにも彼らの名は出ていない。たぶん、外国人のあつまるカフェとはまったくちがったたまり場が、彼女たちにはあったのだろう。それに、スタインが、一八七四年生まれ、ナタリー・バーニーが七六年生まれということを考えても、まだ二十代で無名のユルスナールが、彼女たちに近づく可能性は、ほとんどなかったとも考えられる。そして、もうひとつ、彼女がいわゆる「文体のモダニズム」には背を向けていたことが考えられる。そして、それは、彼女がパリにとって「地方人」であったこととも関係づけられはしないか。彼女は、崇拝者をしたがえて彼女の宮廷に君臨していたように私には思える。

一九二九年がユルスナールにとって忘れられないものだったもうひとつの理由は、彼女の処女作といっていい、『アレクシス、あるいは虚しい闘いについて』が、この年の秋に出版されたことだ。

父親を無二の相談相手として（親類縁者には変人といわれ、浪費家ではあっても、この父親は文学と、この娘とを深く愛していた。幼いマルグリットにギリシア語やラテン語を教えこんで、古典の手ほどきをしたのも、この父親だった）書きすすめられ、彼の死の数か月まえにほぼ完成していたこの本は、サン・パレイユという小さいけれど前衛的な出版社の目にとまって、上梓される運びになった。批評家たちが、アレクシスという主人公の名にも、虚しい闘いについて、という副題にも、ジッドの影響を考えたのは無理もない。というのも、『狭き門』のジッドがその五年後の一九一四年に書いて、二五年に公表したエッセイふうの『コリドン』という作品の題名は、美少年アレクシスを愛した青年の名であり、そのどちらもがウェルギリウスの比類ない『牧歌』の第二歌に依った名だからである。さらに、批評家たちは、ジッドにもマルグリットが自作につけた「虚しい闘い」という副題によく似た、「虚しい欲望」というエッセイがあることを知っていたからだ。だが、ユルスナールをもっともよろこばせたのは、だれの影響というような批評ではなくて、構成のたしかさと古典の流れを汲む端正な文章に若い批評家たちがかぎとった、真正の文学的才能という賞讃だったろう。

娘がものを書くことについて助言を惜しまなかった父親が死ぬのを待つようにして出版されたこの本を手にしたとき、ユルスナールはなにを考えただろうか。

（伝記作者は、印象に残るひとつのエピソードをつたえている。完成した原稿を、ユルスナールがすでに病床にあった父親に見せたのは、かなり病勢があらたまってからのことらしい。そのためもあったのだろう、この作品について、父親は一言も批評のことばを娘に伝えないまま、二九年の一月に、死ぬ。そして、マルグリットが父の枕もとにあった原稿のページのあいだに、小さな紙切れがはさんであるのを見つけたのは、すべてが終ってからだった。紙切れにはこう書かれていた。「『アレクシス』ほど透徹したテクストを、これまで読んだことがない」）

『アレクシス、あるいは虚しい闘いについて』は、ボヘミアのまずしい貴族の家に生まれた青年音楽家アレクシスが、たがいに愛しあっているのを確信して、モニックという裕福な女性と結婚し、やがては一子をもうけながらも、「非難すべきとされる、ふつうでない生来の性向」のために、やさしい妻を幸福にする自信を得られないで彼女のもとを去るという物語で、妻に宛てた書簡の形式でつづられている。この「非難すべきとされる、ふつうでない生来の性向」とは、いうまでもなく同性愛を意味するのだが、私は、この作品について父親が遺した「透徹したテクスト」というコメントを大切にしたい。limpide 透徹した、ということばで、同性愛をテーマとする作品が形容されたことは、単に文体についての評ではないはずだ。ユルスナール自身、あるインタヴューで、晩年につぎのように語っている。「わたしは、こういった愛のかたちを書くことによって、低俗に形骸化されたフランスふうの恋愛のレトリックから作品を解放し、純化された愛を描きたかった」

さらに、それはジッドが書きつづけ、クローデルやリヴィエールやガブリエル・マルセルなど、カトリック勢力の非難を一身にひきうけることになった、いわば〈異端〉のテーマでもあった。

それにしても、なんと陰翳にとざされた小説であることか。作者がこれを二十六歳のときに完成したという事実が、なおさら読者をおどろかせる。作者がえらんだ、陰翳に陰翳を重ねつづけることによってテーマの純粋さを確保するというこの手法は、ユルスナールが愛した〈北方の画家〉レンブラントに深くかかわっているようにおもえる。そのことは、そして、じぶんの選択する道がフラ・アンジェリコの清澄で天使的な明るさに照らされたものでしかあり得ないと信じて、稚い殻に閉じこもっていた若いころの私が、ヨーロッパではじめてレンブラントの作品に接したときの深い闇の印象に私を連れ戻す。

壁にかかった、小さな肖像画のまえで、私は困惑しきっていた。オスタンドから足をのばしたベルギーのどこかの町の美術館だったのか。それとも、パリで開催されたなにか特別の展覧会だったのか。あるいは、よく日曜にふたりで出かけたルーヴルの朝のことだったか。太陽の恩恵を讃えることしか知らなかった私にむかって、友人はまるで重大な秘密を洩らすみたいに声をひそめていった。レンブラントは天才だって、いわれている。この作品はすばらしいだろう。そういって、彼は、顔の一部にだけ、ふしぎな光があたっているその小さな自画像を指さした。作品そのものよりも、天才という表現に私がどう反応するかを、彼が期待をこめて待っているのを感じたとき、気持が萎えた。どうしてこの人は、天才というようなことよりも、画家がこれほど光を惜しんでえがいたかについて、説明してくれないのか。もうつぎの展示室にむかって、音もさせずに歩き出した彼を目で見送りながら、私ははじめてのレンブラントから離れられなかった。

あんな暗闇みたいな絵。つぎの部屋で追いついた彼にむかって、われしらず口をついて出たことばに私は驚いていた。重たくて、とても私には受けとめられないわ。こんなに暗くては、天使が降りてくる場所がないでしょう。天才かどうかは、私にとってどっちだっていいの。いまは、もっと明るいものを見たいのよ。

背の高い友人と私が霧の日にいっしょに見たあの絵が、数知れない、といわれるほど多くの自画像を残したこの北方の画家の作品のなかでどんな位置を占めるものだったのか、いまとなっては探りあてるすべもない。やがてこの友人と別れてしまったことを、彼とオスタンドの海辺に立ったときとおなじように、私は、北の島にいるようちゃんに書き送った。敗戦の年の春に洗礼を受けた彼女は、私より一年おくれて大学を卒業するとまもなく、修道女になった。戒律のきびしい修道院だったから、三年の修練期間が終わるまで外界との通信は許可されていなかった。返事はなくても、ようちゃんが知っていてくれるだけで、私は安心だった。

いま読む『アレクシス』の闇は、かつてレンブラントのまえに立ったときの、あまりにも稚かったじぶんを思い出させはしても、深い穴ぼこにひとり取り残されたようだったあのときのように、もう、暗さが私を心細がらせることは、ない。そればかりか、フラ・アンジェリコの光と、レンブラントの肖像に横溢する深い陰翳のどちらにも、私は、それぞれ異なったニュアンスにおいてではあっても、あの「透徹」ということばをあてはめることができる。精神の透徹。堅固と優雅とをかねそなえた、ユルスナールの構文を、あるときは辞書の手を借りながらゆっくりと解きほぐしていくにつれて、交差する物語の光と陰が、額縁のなかからこっちを見つめていた老人のまなざしの記憶といっしょに、やわらかく私をつつんでくれる。

ジッドの影響を受けているというふうに、わたしの『アレクシス』を評する人がいるけれど、あの作品を書いたとき、わたしはむしろ、リルケとかシュニッツラーをあたまにおいておりました。晩年のユルスナールは、こんな意味のことを、インタヴューの相手にこたえている。発表当時、フランスを代表する批評家のひとりで、終生彼女の作品のよき理解者だったエドモン・ジャルウも、ジッドよりもむしろ『マルテの手記』のリルケの世界を、この作品の背後に見ている。ローザンヌでこの作品を書きあげた彼女の内面に点滅していたのは、ハプスブルグのウィーンを文化の中心とした古いヨーロッパ世界の明りだった。

ジッドについては、話し合ったり、作品を読みくらべたりしたのに、ようちゃんと私は、リルケについて意見をかわさないまま、別れてしまった。それは、戦後派の私たちのなかに、ウィーンがなかったからのようだ。修道女になったようちゃんにとっては、ウィーンもパリも、彼女の精神生活とは関係の薄い、喧噪にみちた現世の街の名にすぎなかったかもしれない。祈りの時間の合間には、編物なんかしています、と彼女からもらった手紙のひとつにあった。きっと黒の毛糸で黒い手袋でも編んでいるのだろう。

修道院に入ることにしたと私に告げたとき、ようちゃんは、まるで、あしたは神田の本屋に行く、というような、あたりまえなことをいうときの顔だった。そう聞いて私も、戦争中に桜並木の坂道で、こんどカトリックになる、とうちあけられたときほどびっくりはしなかったけれど、どこの、とたずねると、彼女が北の島の修道院の名をあげたのでふっと胸を突かれた。戒律の厳しさで有名な修道院だったからだ。いったん一人前の修道女になったら、もう修道女たちと立ち話するなどということもほとんどなくて、一日になんどか聖堂にあつまって時禱をゆるい抑揚をつけて歌ったり、じぶんの部屋で勉強をしたり、編物や繕い物など手仕事をしたりする、孤独な生活をする。ちかしい人が会いに来ても、がんじょうな格子をへだてて、会うだけだという。

修道女になったら、とようちゃんは、やはりなんでもないことみたいに、つづけた。たぶん、もう会えないと思うよ。うん、わかってる。私はあかるくこたえた。もう会えない、とか、別れる、とかいうことについて、なにもわかってなかったから、私は体育会の学生みたいに元気だった。いいじゃない。会えなくたって。忘れさえしなきゃ、いいんだから。

私たちは、ホールの出口の西日のあたる階段に腰を下ろしていた。大学を出て半年経った秋のはじめの午後で、私は迷いに迷ったすえ、ようやく大学院に行って勉強をつづける決心をしたところだった。大切な話があるから、どうしても会いたい、と手紙をくれた彼女の提案で、私たちは母校の大学で会うことにした。厳しい修道院だけど、私はできるだけやってみたいの。

彼女はいった。あなたなら、きっと大丈夫よ。そういって、私は笑った。ようちゃんも、まるいほっぺたにえくぼをくぼませて笑った。

ようちゃんと私は、彼女が短い生涯を終えるまで、ほんとうに〈死ぬまで〉会わなかった。彼女の訃報を私はパリで受け取った。知らせてくれたのは、ようちゃんが一年生のとき、よくスカートに顔をうずめて泣いていたふみ子姉さんで、手紙には彼女が〈みじかい病気で〉天に召されました、先月、二十五になったばかりです、とだけあった。あんなに元気だったのに、と私は唐突な訃報が信じられない気持だった。

もういちど、私は、桜並木の坂道で、靴先をハの字につけて笑っている、ようちゃんを思い出した。ふみ子姉さんに見せてもらった、白い修道女のヴェールをつけて笑っている彼女には、とうとう会わずじまいだった。


『アレクシス』の文章は、たしかに、フランスを中心にした、あの透徹を重んじる文化の伝統をどこか超えた、ヨーロッパ的といっていい、重さと複雑さを秘めている。夏の日、私たちに生気をもたらしてくれる木陰のような、深い陰翳の気配がある。ユルスナールの最初の（男性の）恋人で、おそらくは最後まで忘れることのなかった編集者で作家でもあったアンドレ・フレイニョーが、この作品を、彼女のいちばんの傑作としてゆずらなかったのも、うなずける。

ジッドより、『マルテの手記』のリルケへの傾倒がより顕著にうかがえるということからも、まだ、ユルスナール本来の作風が確立していないというのは容易だが、ここにある透明な憂愁にみちたロマンティシズムの香りは、後年の作品からはすがたを消している。

「ある夕方、姉が死んでまもなくのことだったが、わたしは、いつもにまして途方に暮れた気持でプレスブルグに帰った。姉を、わたしは心から愛していた。彼女が死んだことでじぶんが身も世もなく悲しんでいた、とまでいうつもりはない。感情が乱されるには、苦悩が激しすぎた。苦しみに呑みこまれると、わたしたちはじぶんのことしか考えなくなる。想い出というかたちで、同情することをそこから学ぶのは、ずっとあとの話だ。わたしは、じぶんで考えていたよりおそく戻ったのだが、何時に帰ると母に約束したわけではなかったから、母がわたしを待っていたということはない。ドアを押して部屋に入ったとき、母は暗いなかに座っていた。亡くなるすこしまえのころ、母はよく、もうすぐ夜になるという時間に、なにもしないでしずかにじっとしていることがよくあった。そんなとき、彼女は、無為の状態、あるいは闇、にじぶんを慣らそうとしているみたいにも見えた」

ユルスナールは、二十六歳だった。

砂漠を行くものたち

「若い心が旅にとり憑かれたようになるときは、たいていの場合、
愛にとり憑かれたことが発端だ」

『ハドリアヌス帝の回想』

一九五三年の七月一日、颱風が去ったばかりの神戸港を出てジェノワに着くまでの四十日の船旅の日々を、海と空しかない索漠にかこまれて、到着の日を待つことだけに私は精力を使い果していた。航海を愉しむ余裕はなかった。

貨物が主で客はほんの付録にすぎなかったから貨客船と呼ばれたその小さな船をささえる五十人あまりのクルーは、ほとんどが戦争の海をわたった人たちだった。慇懃だが無愛想な船長が〈本社〉と呼ぶ、次第に遠ざかっていくケシ粒のような島国の一点から刻々と無線で届く指示に操られて、船はおぼつかなげにヨーロッパを目ざしていた。名ばかりの乗客は、イギリスに行く中年の大学教授がふたりと、パリに留学する若い画家がひとり、そしておなじパリが目的地だが、途中、知人が迎えに出てくれるジェノワで下船する予定の私の四人、それに船長をふくむ六人の上級船員というのが、毎日、変りばえのしない食卓で顔をあわせる相手だった。

船の目的地はハンブルグだったが、それも、いつ途中で変更になるかもしれないと私たちはあらかじめ告げられていた。とにかく航路を確保し、船を出すのが精いっぱいだった当時の日本船にとって、航路変更ぐらいはめずらしくなかったのかもしれない。香港、基隆、マニラ、シンガポール、さらにマレーシアのポート・スウェッテンハムと、つぎつぎにアジアの港をまわって荷を積み、荷を下ろす、それを待つあいだの時間をみはからって、四人の船客はあたふたと町の見物に出かけた。だが、買物をするための金などあるはずもなかったし、どの土地に行っても太平洋戦争を仕掛けた側としての気まずさばかりで、見物もそこそこに船に戻ってくる。いい町ですよといわれて愉しみにしていたコロンボは、予定の積荷が他の船に回されたとかで寄港はとりやめになり、みなをがっかりさせたが、その時点では、ただでさえ暑いポート・スウェッテンハムからアデンまでのインド洋を二週間ノン・ストップでよこぎるということが、どれほど忍耐が試されることなのか、経験のない船客には、まったく想像はつかなかった。きょうは何浬《かいり》進みました、と告げられてもひたすら青いだけの海に目盛があるわけでなし、乗客の精神の平衡は、吹きガラスの風鈴玉のように、ほんの小さな声の抑揚や身ぶりであっけなく砕け散った。

エンジンの音も震動もない固い地面のうえを歩くとはどんなことだったかを、そろそろ忘れかけたころ、船はようやくアラビア海に入り、アデンの港に着いた。居丈高なイギリス人の検疫官や税関吏が乗船しての入港手続きも終り、やっと下船できたのがとっぷり暮れてからだったせいか、黒く乾いた岩山にかこまれたアデンの街では、はじめて見るアラブの男たちのあからさまな視線が肌を刺した。早く、一分でも早くヨーロッパに着きたい、それだけを一方的に希いつづけていた私にとっては、じぶんをとりまいている異形の人びとも、これまで聞いたこともない音楽や嗅いだことのない香辛料の匂いも、ひたすらうっとうしいだけで、興味をそそるものではなかった。

船はゆっくりと紅海を北上した。ことばも出ないほどの暑さのなかを、白い太陽が音もなく砂漠に昇り、また音もなく砂漠に沈む日々が過ぎると、いよいよスエズだった。ここを越しさえすれば、あとは地中海がひらける。だが、最後の難関ともいえる運河の通過の、なんと重たかったことか。もしかしたら、あの不運なシシュフォス王に不合理な繰り返しの責め苦を負わせたわがままなギリシアの雷神がどこからか私を見ていて、予期しなかった困難をさしむけたのではないかと疑ぐりたくなるほど、運河を通行する時間の一刻一刻が、単調で緩慢で息がつまった。ポート・サイドで、まだめずらしかった日本船にどやどやと機嫌のいいエジプトの役人たちが上がってきたのは、錆びついたクレーンの林の向こうに、赤い帽子のような太陽がとっくに沈んだあとだった。

そしてついに地中海。朝早くベッドを降りて服を着ると、私は軽い夏靴をはいて舳先に近い甲板に立った。初めて見る「西洋」の海は、その朝も、ねっとりと青くうねっていた。ほとんど紫に近いその青の水面を、するどい船の舳先がつぎつぎにめくりあげると、いちめんに撒いた白い花のようなしぶきが飛び散る。その白は、またたくまに地の青に溶けこんでしまうのだが、まるでそのことを惜しむように、こんどは水面にいくつもの白い輪を描いて、夕暮、もっと遊んでいたいのに呼ばれて家に帰る子供たちのつぶやきに似た小さな光の粒を、青のあちこちに残していった。

非ヨーロッパ世界の最後の寄港地エジプトのアレクサンドリアには、長い植民地の歴史のせいなのかそれまで通ってきたアジアやアフリカのどの都市とも異なった、華やいだ空気がたちこめていた。いつものように港から街に出たのは夕方だったけれど、黒い石畳のうえに最初のヨーロッパの匂いを嗅ぎとったと思うだけで、胸がときめいた。ときめきは、暗い街角で石畳のうえをがらがらと音をたてて走る馬車に出会ったとき、頂点に達した。馬車は、木綿レースのフリルがついた純白の晴着をつけ、黒い編み上げ靴をはいた薔薇の花のような女の子と、家庭教師だろうか、そのよこに、つばの広い帽子をかぶった若い女性を乗せて、軽やかに私の目前を通り過ぎて行った。

連れの乗客のうちふたりは、どちらも東京の著名な大学の英文学の教授だった。もしかしたら彼らが、エジプトにギリシアを造ろうと夢みたアレクサンドロス大王の話をしてくれたのに、私が耳を貸さなかったのか。あるいは、世界七不思議の伝説に残るファロスの灯台の方角を彼らが指さしてくれたのを、私のほうがうっかり商店の飾り窓に気をとられていて見ようとしなかったのだろうか。あるいはまた、万巻の書を容しながら、あっけなく火に滅んだというプトレマイオスの大図書館を彼らが惜しんでいたのを、新聞売りの少年が勢いよく振っていた鐘の音にさえぎられて私が聞きもらしたのだったか。いや、閉ざされた航海の無聊《ぶりょう》に倦みはてていた男たちは、たぶん、街角に佇む女たちに卑屈な笑いを返すのに夢中で、彼らの博識を私に伝えるどころではなかったのだ。黒塗りの馬車の大きな車輪が石畳にこだまする音を聞いただけで、私は船に戻った。

あしたはジェノワに入港するという日の夜だった。イタリア本土とシチリア島をへだてるメッシーナ海峡を船が通り抜けるとき、大きくはない町の明りが、乾いた八月の空気のなかで手をのばせばとどきそうなところに黄色くまたたくのが見えた。メッシーナ、私はあたらしく覚えたばかりのやさしい音を、なんども口のなかでくりかえした。こうやって、あこがれつづけた大切なものに、じぶんは一瞬、一瞬、近づいて行く。いま思えばカラブリアの沖のあたりをゆっくりと航行していた船の甲板で、私は、あやうい蠟燭の炎のように揺らぎつづけるじぶん自身の暗いたよりなさを、刻々と離れてゆく街の明りと見くらべていた。

四十日の旅が終りを迎えようとしている。その安堵感と、あとに来るものへの不安とが、籠のなかで紡がれるのを待つ麻束のようにこころで縺れあっていた。じぶんはいったい、なにをしにパリに行くのだろう。勉強だけなら、東京でもっと準備できることがあったのではなかったか。人にも訊ねられ、じぶん自身のなかでも飽きるほどくりかえし問いつづけながら、納得できるほどの答えには行きあたらないまま、私は、親の了解をもぎとるようにして、とるものもとりあえず船に乗ったのだった。

どうしてそんなに急ぐのかな。あなたの人生はまだ先が長いのに。フランスへの入国許可をとるための健康診断に行ったキリスト教系の病院の医師が、私の顔をのぞきこむようにしてつぶやいたのは、神戸を出る三か月ほどまえのことだった。一日もはやく行かないと、じぶんもヨーロッパも変ってしまうような気がするんです。答えにならない私の返事を聞いて、彼自身、若いときフランスの大学で勉強したという中年の医師は、わがままな妹に手を焼いた兄貴みたいな顔をすると、弱ったなと笑った。

私は甲板を離れて、船室に戻った。読みかけた本に没頭しようとしたが、気持がうわずって、字が目のなかで躍った。航海中つけていた日記をしるす気にもならない。白い夏靴をはいたまま、私はベッドにからだを投げだして、ひろびろとした船室の天井を眺めた。この船とも、心にあることはひとつも話し合えなかった同乗者たちとも、あと一日もしないうちに別れることになる。

どれほどのあいだ、私はそうやっていたのか。だれかがドアを叩いた。甲板に出てごらんなさい。ストロンボリが火を噴いていますよ。上級船員のなかではいちばん若い元気な船医の声だった。

暗い小さな島が、おなじかたちをなぞった小さな光背に明るんで、遠い闇のなかに浮びあがっていた。赤い炎が間歇的に天に向かって噴きあがると、手負いの獣の傷口に泡だつ血のような熔岩が、清潔なかたちの稜線をするすると流れ、そして消えた。同時に山の輪郭が闇に溶け去り、束の間の夢を見たのではないかと思うほど、なにもかもがもとの暗黒に包まれると、ふたたび星が天穹にきらめいた。

風がつめたくなるまで、もういちど、もういちどと、ときには数分、あるいはもっと長い時間、闇に溶けこんで輪郭をあらわさない円錐形の島が、ふたたび火を噴くのを私は待ちわびた。炎が高く立ちのぼると、こんどはすべてが闇に沈むのを待った。パリに行くことも、翌日はジェノワに入港することも忘れて、私はこの小さな島に心を奪われていた。

ストロンボリが、エオリア諸島の島のひとつで、エオリアというその名が、故郷に帰れなくて放浪をつづけるオデュッセウスに風の革袋をくれた王の名、アイオロスのイタリアなまりだということを私が知ったのは、二十年もあとのことだ。

＊

三十六歳のユルスナールが、アメリカ人のグレース・フリックに伴われてヨーロッパをあとにしたのは、一九三九年の八月、それはまた、ヒットラーの軍隊がポーランドに侵攻して第二次欧州大戦の火ぶたが切られるわずかひと月まえのことだ。ユルスナールにとっては二度目のアメリカ旅行だったが、彼女は、ながくても数か月でフランスに帰るつもりだったという。戦争が避けられないことは、もうだれにもわかっていたけれど、たとえ戦争がはじまったところで、一年も続くはずはない。多くのフランス人とおなじように、ユルスナールもそうかたく信じていた。二、三か月もアメリカにいれば、戦争はきっと終る、と気軽に彼女をさそったグレースも、おなじことを考えていたにちがいない。

父親が死んで、最初の作品『アレクシス』が上梓された一九二九年とこの日付を隔てる十年は、マルグリットが、マドモアゼル・クレーネウェルクから作家ユルスナールへ、それまで父親の陰にいた〈良家の令嬢〉からひとりの〈女〉へと成長していく過程で、ときには不本意ともおもえる脱皮を強いられた時間であった。落ち着いた客観的な文でつづられたサヴィニョーの伝記とは対照的に、もっとなまなましい九五年刊の伝記『マルグリット・ユルスナール、あなたは』の著者ミシェル・サルドは、出発当時の写真にある、男性のようにみじかく刈りあげたマルグリットの髪型を見て、それがこの時代の彼女の性的な混迷を表明するものだと分析している。そういう言い方は、しかし、サルドのスキャンダル好きな俗っぽさを暴露しているだけのように、私には思える。じっさい、一九三六年ごろの写真にみえる「モダン」でエキセントリックなその髪型はあまり彼女に似合っていなくて、私を当惑させるが、あのころのパリの、自由を標榜する女性たちのあいだで流行していたのではなかったか。『アリス・B・トクラスの自伝』に出ている、ガートルード・スタインが髪をみじかく切ってもらって、ピカソをおこらせたという滑稽な話は、ほぼ同時代のことだし、スタインは彼女をたずねてきたファッショナブルなフランスの貴婦人のまねをしたのだった。私には、しかし、一刻もはやく作家としての自己を確立したかったユルスナールの決意と、もしかしたら焦り、を表徴しているようにみえる。重宝なアリバイでもあった父親がいなくなって、世間が納得してくれるような〈身分〉を獲得することは、独身女性の彼女にとって、一刻をあらそう急務だったのだ。相応の評価を受けただろうとはいえ、一冊の作品を世に問うたばかりのマルグリットのゆくてには、自分の手でひらくほかない扉が、幾層にも立ちはだかっていた。

放浪癖、とこの時代の彼女の行動を表現して批判する人もいた。年表を見て、彼女が訪れた土地や都市の数の膨大さには、じっさい目を瞠らせるものがあるし、飛行機があったわけでもないのに、と彼女が旅についやした時間の長さに考えこんでしまう。たしかに、一九三〇年代のすくなくとも前半までの時代、私たちがいまだに〈戦前〉と呼びならわしている時代の旅行は、オリエント・エクスプレスや豪華汽船のクルージングなどで代表されたように、ヨーロッパの上流階級の人たちの、もっとも優雅なひまつぶしの手段でもあった。そんな習慣にしたがって、まだ身分の確立しないマルグリットは、旅に気ばらしを求める。

だが、父親の生前の浪費のために、もはや帰ってゆける場所をもたなかったユルスナールにとって、旅は、ひとつの modus vivendi 生活習慣の一端にすぎなかったとも考えられる。家に伝わった銀器やクリスタルに加えて、書きためた原稿や本を詰めこんだトランク（たぶん複数の）を、父の最期をみとったローザンヌのホテルに残して、彼女は、一見、気ままな旅から旅への生活をつづけるのだが、彼女の場合、旅は逃避だったとはいいきれない、そして私をしんそこ感心させる、特技、といっていいものがあった。それは、机とか静寂とか、ふつう人が書きものをするのに不可欠と思うものが不在な環境でも彼女は平然と書きつづけることができた事実だ。書くことと同様に、やむことない放浪の旅も、ユルスナールにとっては、もって生まれた天性というほかないのかもしれない。

＊

「放浪者」を意味する、ノマッドということばが、ごく日常的な比喩として使われるのを私がはじめて耳にしたのは、パリで勉強をしていたころだった。ベルナルダン街の学生寮で知りあったシモーヌ・ルフェーヴルが、ヨーロッパで迎えた二度目の冬、ベルギーから帰ってきた私をつかまえて、いった。あなたって、根本的にノマッドかもしれない。え、と私はとまどって、たずねた。ノマッド？　彼女はたちどころに、綴りをそらでいってみせた。n-o-m-a-d-e.知らないの？　そういわれて、私は、返答につまった。知らなかったわけではない。サンテグジュペリの作品やサハラの隠修士といわれたシャルル・ド・フーコーについて書かれた本でも、辞書のなかでも、なんどか出会っていたはずだった。でも、そのことばのもつ肌ざわりのようなものが、つかめていなかったし、まして、こんなふうに、じぶんに向かって使われるとは、夢にも考えていなかった。ノマッドって、私はシモーヌにたずねた。サハラ砂漠なんかの、隊商とかラクダとか天幕とか、目つきの鋭い男たちや黒布で顔を被った女、そういった風景につながることばじゃないの？

シモーヌはブリュッセル生まれのベルギー人で、よく気のつく、あたまのいい女性だった。インテリという感じではなかったが、フランス語についてはうるさかった。四、五歳ほど私の年長で、そろそろ三十に手のとどく年頃だったろうか、寮の仕事を手伝いながら、彼女は研究所のようなところに通って、キリスト教の神学を勉強していた。図書館だ授業だと、私たちは朝はやく寮を出ると夕方まで戻らないような生活をしていたから、寮の仲間とも、シモーヌのように私たちの面倒を見てくれる人たちとも、ゆっくり話ができるのはせいぜい夕食のテーブルぐらいのことだった。そもそも、部屋に行ったり来たりしてしゃべるのは、五十人ほどの寮生のなかでほんのひとにぎりで、シモーヌは私にとって、そういったひとりだった。

頑固さではシモーヌも私もひけをとらなかったから、ときに激しい口論になることもあったが、総体的にいって私たちは〈仲がいい〉部類だった。なににつけても具体的で実務にすぐれた彼女と、ことばや考えにおぼれてふらふらしている私という、組合せがよかったのかもしれない。議論をはじめると、歯に衣を着せないところがシモーヌにはあって、それをいやがる学生もいたけれど、毎日フランス語と悪戦苦闘していた私は、気心の知れた彼女にまちがいを指摘されたり、からかわれたりすると、かえって肩の力が抜けて、ほっとした。

シモーヌは、冬になるとブラウスのうえに、流行おくれの、くたびれた、濃い緑のカーディガンを着た。女学生みたいなその服装が、彼女にはよく似合った。がっしりしたからだつきで肩が張っていたが、背が高いのを遠慮しているみたいに、ちょっと猫背だった。濃い栗色のまっすぐな髪を耳のうえで短く切りそろえていて、北国の人らしく肌が白く面長な顔の、右だったかそれとも左だったか、片いっぽうの目が斜視だった。斜視、といっても、きつい斜視ではなくて、話していて、ふっと焦点が合わなくなるというぐらいだったから、そんなとき、かえって私は捉えどころを失ったように、とまどった。きれいだよ、シモーヌは。そう私の友人がいったことがある。ぼくはああいうの、好きだな、ちょっとボーイッシュでかわいいよ。

私たちは、とシモーヌはつづけた。砂漠の人たちをいうときに、このことばをよく使う。北アフリカのベルベル族とかトゥアレグみたいに、決まった場所で暮さないで、オアシスからオアシスへ旅をつづける人たち。なあんだ。私は気がぬけた。やっぱり、そうなんだ。それじゃあ、ヴァガボンドとおなじでしょ。ううん。シモーヌはゆずらなかった。ヴァガボンドには、ほんとうはひとつ処にとまっているはずの人間がふらふら居場所を変える、といった、どこか否定的な語感がある。それにくらべると、ギリシアに語源のあるノマッドは、もともと牧羊者をさすことばだから、もっと高貴なんだ。ノマッドには、血の騒ぎというか、種族の掟みたいなものの支えがあるけれど、ヴァガボンドっていうことばは、もっとロマン主義的っていうのかな。

でも、どうして、私が北アフリカ人なのよ。私も降参しなかった。ノマッドといわれてシモーヌに批判された気もした。じぶんたちが、〈東洋人〉として街で不当な扱いを受けるたびに不満をもらしながら、知らず知らずのうちに、私も、〈北アフリカ人〉と口に出すときのパリ人の軽蔑した目つきや声に感染していたのだった。いやあねえ。シモーヌはあきれた顔で、私をにらんだ。ノマッドがわるいなんて、いつ私がいった？　私は、ちっともノマッド的な人のことぎらいじゃない。だいいち、北アフリカ人がどうしてわるいのよ？

そういわれれば、たしかにシモーヌはただしかった。

彼女が私をノマッド呼ばわりしたのは、ベルギーから帰った私が、旅に出るまえにくらべていきいきしているから、というのだった。ベルギーが私の国だからこんなことというんじゃない。彼女はいった。ずっと見てると、あなたっていつもそうなのよ。このところ、なにか暗いなあ、って思うことがあって、そんなとき、あなたはじぶんで気づいてるのかどうかわからないけれど、ちょっと旅行にでもって思いつくらしいの。そして、どういうわけか、旅のあとはふわっと明るくなって帰ってくる。なにか重たいセーターを、旅先で脱ぎすててきたみたいなのね。たった一日、パリを留守にしても、それだけでも、あなたはすっと軽くなって帰ってくる。勉強、勉強って固くなってないで、ときどき旅行しなさい。きっとあなたに旅は合ってるのよ。

ずいぶんよく見ている。孤島みたいに感じていたパリでシモーヌと話していると、じぶんと年齢の違わない、たぶん似たような問題をかかえている人間どうしの話ができるのが、なによりもうれしかった。

＊

女ばかりが四人、岩山に降りそそぐ陽光をあびて、日本ならたちまち展望台だの茶店だのがつくられてしまいそうな見はらしのよい高台の大きな石のベンチにこしかけて、くつろいでいる。岩も、灌木がまばらに生えた遠景も、いかにも地中海周辺らしい風景なのが私にはなつかしい。写真の右端で半分うしろ向きの姿勢で、端正な横顔を見せているのが、当時、マルグリットとねんごろな関係にあったといわれるルシー・キリアコス、その背中にぴったりともたれているのは彼女の妹ネリー、その左で、なにもかも満足だという様子のマルグリット、左端は、体格はがっしりしているけれど、まだ少女のおもかげが残っている女性だ。

みなが軽い登山かピクニックのような服装ですっかりくつろいでいる様子なのに、仕立てのいいパンタロン・スーツを着たマルグリットだけが、自意識のかたまりみたいに脚を組んで、男っぽい、ちょっとそっくりかえるような姿勢で、石においた片手で上半身をささえ、もういっぽうの手の人さしゆびと中ゆびをくちびるに押しつけるようにして、たばこを吸っている。いいや、もしかしたら、ただ指を口にあてているだけなのかもしれない。いずれにせよ、ひどくキザっぽい恰好であるのはたしかで、そのうえ、組んだ上になるほうの脚の、絹のストッキングに被われたつまさきを、まるでピルエットを踊るバレリーナみたいに、地面にむかって垂直にすっと立てている。もっとも、脚を組んだときに足先をガチョウの首みたいに曲げているのはお行儀がわるいのよ、といつかローマで知りあったそだちのいい少女から教えられたことはあるけれど。でも、もしそれがほんとうだとしたら、その分よけい奇異にうつるのは、こんな場所に絹のストッキングをはいてくるマルグリットで、そのうえ彼女が靴をぬいでいることだ。

ギリシア人のルシー・キリアコスが優雅な美しい女性だったことは、サヴィニョーの伝記に載っている二枚の写真からも判断することができる。彼女はアテネの名家の夫人だったが、周囲の人々の証言によると、インテレクチュアルなところはとくに感じられない、ごく平凡な、あかるい性格の女性だったという。ルシーは、現代ギリシア語のできなかったマルグリットが、カヴァフィスの詩を訳すときに手伝ってくれたコンスタンタン・デュマラスのいとこだった(ユルスナールの訳は、一般にいって評判がかんばしくなかった)。ルシーと英語名で呼ばれていた彼女は、フランス語を話したのだろうか、古典は読めても現代ギリシア語はからきしだめだったマルグリットだったが、ルシーには夢中で、彼女をなんどかギリシアに訪ねている。またルシーのほうも、オーストリアで冬の休暇を過ごしていたマルグリットのところにはるばる出かける。たとえふたりが「とくべつな」関係でなかったとしても、ユルスナールにしてみれば、この美しくて優雅な友人といっしょにいると気持がやすまっただろうし、パリの出版界で名を知られた女性としてのマルグリットの〈肩書き〉が、ブルジョワ夫人のルシーを惹きつけたとも考えられる。

でも、ひとつだけ、不可解といえば不可解なことがある。些細なことかもしれないのだが、記憶力のよいはずのユルスナールが、このグループ写真の日付を、ときによって三四年としたり、三九年と書いたりしている事実だ。もしかするとこの〈思いちがい〉は、三七年に初めて会って、その後、徐々に親交をあたためため、しまいには彼女をアメリカに連れ去った友人のグレース・フリックに気をつかってのことだったのではないか。この時間のずれは、そして家庭をもっていたルシーから、ひとり者で徹底的にユルスナールにかしずいたグレースに、愛情が移っていった時期だったように思えなくもない。

ルシー、そしてグレース。ユルスナールが、他の友人とは違った深さでこのふたりと結ばれていたのは明らかなのだが、もうひとり、彼女がこころから慕っている人物があった。グラッセ社のアンドレ・フレイニョーがその人である。編集者だった彼は、同時に著作をも手がけたが、最初に発表した小説『だれもが拒めない男』のプロットは徹頭徹尾ナルシシックで、読者をたじろがせるが、どこか三島由紀夫を思わせる筆致が、後年、マルグリットがこの日本の作家に傾倒したことと考えあわせるとき、なにやらうなずけるものがある。

ふたりの関係は、十年ちかい過去にさかのぼる。マルグリットが父親を亡くした翌年の一九三〇年、大学を出たばかりでグラッセ社のまだ学生臭のぬけないかけ出しの編集者だった青年フレイニョーは、ある夏の日、休暇中の社長の戸棚に、ユルスナールの持ち込み原稿『ピンダロス』を見つける。一年まえに『アレクシス』を読んで、この「奇妙な筆名」の作者を遠くから尊敬していた青年は、当時、住所不定の生活をしていたユルスナールに手紙を書くのだが、これがマルグリットの「狂気に触れる」ほどの激しい恋の発端だった。

残された写真で見るかぎり私には納得できないのだが、「ギリシア神話の若々しい神のように美しい」といわれたこの男を無防備に愛してしまったことで、彼女は苦悩と屈辱のどん底に追い込まれる。皮肉なことに、マルグリットの処女作『アレクシス』の主人公とおなじように、フレイニョーは、女性に背をむけた男性だったからだ。しかし、この不毛な愛から、作品『火』が生まれる。一九三六年、出版社はもちろんグラッセ社である。あくまでも古典的な文体が崩れることはないが、ユルスナールにしてはめずらしくなまなましい感情が見えかくれし、激しい表現には読者を愕然とさせるものがある。ギリシアの神々や英雄たちの、九つの苦い恋の物語(そのうち、ひとつだけはキリストを愛したマグダラのマリアの話だが)が象徴性の高い散文でつづられ、ひとつひとつの物語の継ぎ目には、アフォリスム的な数行が置かれる。いくつかを、ここに訳してみる。

「なにも怖れることはない。わたしはどん底に触れた。あなたの心よりも低いところに落ちることはできない」——若いヒッポリュトゥスに愛をこばまれ、自らを死に追い込むテセウスの妻、パイドラの物語のあとに。

「眼をつむって愛するのは盲人のように愛することだ。眼をあけて愛する、それはたぶん、狂人のように愛することだろう。どうにもならないまでに受け容れなければならないのだから。わたしは、狂女のようにあなたを愛する」──盲いた父オェディプス王にかつて愛をささげ、死のなかにまで兄を愛して自分も不幸な死をえらんだアンティゴネーの物語のあとに。

「わたしは神々の世界から来た若者たちを知った。彼らのしぐさは星たちの軌道を思わせる。斑岩でできた彼らの心臓がなにも感じないのに気づいても、人びとは驚かなかった」──彼女自身イエスを愛したのに、イエスが愛した男、福音史家ヨハネのいいなずけでもあったマグダラのマリアの物語のあとに。

「恋は懲らしめに似ている。わたしたちはひとりでいられなかったから罰せられているのだ」──ソクラテスに愛され、彼の死をみまもったパイドーンの物語に寄せて。

「自らのいのちを断つことを私はしないだろう。死者はほんとうに早く忘れられるのだから」

――花のようなアッティスを愛し、失ったサッポーの物語のあとに。

*

荒けずりな木の仕事台のうえに、うずたかくスミレの花が積みあげられている。女たちが何人か、花を二、三本ずつ手にとってはもう片ほうの手のひらのうえに重ねる作業をくりかえして、スミレだけの大きな花束にしあげていった。でも、賃金のための仕事という感じはまったくなくて、花とあいまった華やいだ雰囲気がふしぎだった。残ったスミレが紫の洪水のように白木の机の表面を被っている。どうしてこんなところで、この人たちは花束をつくっているのだろう。

休日で、私は時間の感覚を失っていた。仕事が一段落したところで、二階から降りてテレビをつけた。根をつめた仕事にかかっていると、だれとも口をきかないで一日がすぎてしまうことがある。ひとり暮しだから当然なのだが、そんなとき、濡れた新聞紙みたいにぼってりとじぶんを包みこんでしまう沈黙が破りたくて、機械的にテレビをつけることがある。

アナウンサーが説明していた。でも、導入部を逃してしまった私には、彼のことばの意味がさっぱりつかめない。春を迎える準備……、村の女性たち……どこの国のことかもわからない。

粗末な仕事台や周囲に散らばった花とはちぐはぐに、女たちはよそいき、と思われる服装をしている。お茶を淹れようと台所に立ちながら、私はすこしずつ、アリジゴクに落ちた昆虫のように画面にひきよせられていた。もしかしたら、ギリシアかもしれない。それともスペインかな。いや、アラブの土地だろうか。そう思うほど、彼女たちの肌の色は濃く、髪も目も黒かった。地中海の沿岸であるらしいのだが、いったいなにが目的の花束なのだろう。花束が手いっぱいの大きさになると、女たちは、それを銀のフォイルでくるんだ五〇センチほどの長さの棒の両端に針金で留める。まるで両端にスミレの花束がついた銀色のダンベルだ。フォイルの銀とスミレの色がよく似合って、いかにも春らしい。羊飼いの少年の足に踏みしだかれた、むらさきのヒアシンス。サッポーの詩句が記憶にもどった。ヒアシンスはもともとスミレとおなじように、地中海沿岸に咲く野の花だ。陽灼けした羊飼いの少年は、素足だったのだろうか。

画面がとつぜん変って、大きな講堂のような場所が映し出された。群衆がつめかけている。新聞を見れば、どこの国のどういった行事なのかすぐわかるのに、私は、まるでいまわしい呪縛にかかった原始人さながら、画面から離れられないでいた。

正面の一段高くなった舞台のようなところに、椅子が一脚、置かれている。アナウンサーがいう。準備はすべて調いました。いよいよセルジョが人間世界を離れる瞬間が近づいたのです。

あ、と思った。セルジョという名だったら、まずはイタリアの話にちがいない。それにしても、イタリアのどこなのだろう。それに、セルジョが「人間の世界を離れる」とは、いったいどういうことなのだろう。

やがてセルジョと呼ばれた男が、壇上に上がった。細身の黒いズボンに、白い、ブラウスのように袖のたっぷりしたスペインふうのシャツを着て、そのうえにこれも黒いベストを羽織っている。システィン礼拝堂のミケランジェロが描いた天井画の巫女のように、頭からあごにかけて、また頭のまわりにも、白い布を包帯のように巻いたその青年は、ととのった顔をしてはいるが、これといった特徴があるわけではない。すべてがなにか祭礼の一環であるらしいのだが、イタリアにしてはキリスト教臭が感じられない。黒い、見るからにがんじょうそうな革のブーツをはいているのは、乗馬用だろうか。

ふたりの男がうしろから椅子にかけたセルジョに近づくと、一瞬、青年の顔がこわばった。さあ、いよいよです。解説者の声はあきらかにうわずっていた。セルジョが仮面をつけるのです。面をつけたそのときから、とアナウンサーがつづける。セルジョは私たちとおなじ人間ではなくなります。

能の面。ギリシア悲劇の仮面。もっと近代では、イタリアのコンメディア・デラルテの喜劇じみた仮面。アフリカの部族たちが祭礼に用いる仮面もある。だが、セルジョの顔にかぶせられた面は、そのどれにも似ない、ふしぎな生々しさと稚拙さがあふれた、それでいて奇妙な美しさのある〈顔〉だった。歌舞伎役者が塗る白粉のざらついた感触の白に塗られた肌の色が、ギリシア彫刻のように彫りの深い骨格と混ざりあって、記憶のどこを探してもない、ふしぎな〈顔〉が誕生し、うつろな目でこっちを向いていた。解説者は、もうセルジョとはいわずに、方言なのだろう、コンポニドーレと〈調停者〉を意味するらしいことばで青年を呼んでいる。いまや、彼は、人と神のあいだに位置する存在になりました。もはや、男でもなく女でもありません。とくべつな愛で神々に愛されるコンポニドーレなのです。

ああ、これが、神々に愛される〈顔〉なのか。昼下がり、街角の紙芝居にわれをわすれる子供みたいに、私の目は、その調停者に吸いよせられた。きょう一日、彼にあたえられた権威の象徴だという両端にスミレが咲きこぼれる銀の指揮棒が、白い手袋をつけた彼に手渡され、群衆のなかにどよめきが湧いても、正面の大扉が左右にひらいて、鈴と花綱でかざられた、春の使者のようにたくましい黒馬が引いてこられ、軽々とその背にまたがった〈もう人間ではない〉彼が、歓呼のうずに巻きこまれて駆けだしても、私は、手近な椅子にかけることもせず、思いがけない白日夢にたましいを奪われていた。

愛すべきでない人コンポニドーレならぬフレイニョーを愛してしまったユルスナールの悲しみが、こころにのしかかったまま。

*

ベルナルダン街の寮のシモーヌ・ルフェーヴルと私が長い手紙を書きあっていたのは、二年いたパリを私があとにして、東京であたらしい仕事についたころだった。やっとパリとフランス語に慣れたかな、というときに帰国の時が来てしまったのだから、ガラスの靴を片いっぽう、よその家に置いてきた貧しい少女のように、心残りなままで私はあの街を離れた。

シモーヌの手紙は、いつも寮の仲間たちの現状をきっちりと知らせるだけで、じぶんがどう暮しているか、どんなことを考えているかについては、ほとんどなにも書いていなかった。せまい寮の部屋でとなりの物音を気にしながらベッドにこしかけてしゃべっていたときは、ことばがことばを生んで話が尽きなかったのに、手紙の文章は実務的な彼女らしく、正確だけれどかたくななほどじぶんを語っていなくて、平板だった。話のなかに小さな皮肉を小粒の胡椒みたいに混ぜていく、私をたのしませた彼女らしい気持のはずみのようなものが、手紙からは伝わってこなかった。

東京にもなれて気持に余裕ができてくると、私は、シモーヌがベルギー生まれだということだけで、そのほかの個人的なことについてはほとんど無知であったのに気づいた。あれほど私のことを気にかけてくれたのに、こちらは彼女が準備してくれたじゅうたんに心地よく乗るだけで、おなじフランス語圏とはいっても他国にいるベルギー人の彼女の気持が、そのことでかげる日があったのかどうか、私はたずねたこともなかった。

機嫌がわるいというのでなくても、シモーヌは平然と私を批判することがあった。あなたには方法論がなさすぎる。あるとき、どういう話のなりゆきだったのか、いきなり彼女がいったことがある。存在論だけじゃあ生きていけないのよ。私はかっとなって声を荒らげた。ありがとう、シモーヌ。具体的にどう生きればいいのかわからないで、ばたばたしてる私にむかって、よくそんなことがいえるわよ。すると彼女はちょっと笑って、私の目をのぞきこむようにすると、いった。おこらないでよ、おこると目がますますシナ人の目になる。

また彼女はこういって私を叱ったこともあった。もうパリまで来てしまったのだから、勇気をだして、ふつうの女になるのをあきらめなさい。そのときも、私は腹をたてた。あきらめろなんて、あなたは、まるで、雨降りだから傘させみたいに簡単にいうけど、それじゃ虫にでもなれっていうの。おこりながら、私も笑い出した。

なんのために勉強しているのか、あるいは、将来、どんな職業をえらぼうとしているのか、扉を閉めたままで回答をおくらせて、ぐずぐずしているじぶんが、もどかしかった。その扉を開けると、たとえば、じぶんの価値を厳しく決めてしまう〈他人の目〉のようなものにわらわらと取り囲まれるのではないかと、そのことが怖かった。なにも決めないで時間をかせいでいる私を見て、シモーヌこそ、いらいらしたのかもしれない。彼女は攻撃の手をゆるめないで、つぎつぎに矢を放ってきた。私も彼女の弱みを突きたかったのだけれど、実務に長けた人にむかっていうことは、あまりなかった。

大学の勉強もはかどらず、フランス語もいっこう上達しなくて行きづまっていた私が、二年目の夏、寮に入ってきたふたりのアメリカ人とばかりつきあっているのを見たときも、シモーヌはだまっていなかった。逃げてる。ある日、あのぼこぼこした木の階段の途中ですれちがいざまに、私の耳もとでシモーヌがいった。虚をつかれて立ちどまった私にかまわないでどんどん上にいきながら、彼女はあの低い声でなんどもくりかえした。逃げてるよ、あなたは。じぶんでもちゃんとわかってるくせに。うるさいなあ、と大声でこたえながら、私は、シモーヌのやつめが、とくやしかった。

三年、日本にいたあと、ローマに行く奨学金を手に入れて、私はもういちどヨーロッパに戻った。昼食に招かれた先で、ぐうぜん、パリでおなじ寮にいた中国人のサンサンに出会った。ピアニストの彼女はすこしまえまでパリにいたので、寮の仲間たちの近況を話してくれた。ソウル大学に戻ったマリー・キム。ミュンヘンでフルート奏者のキャリアをつんでいるパウラ・シュミット。ロンドンで社会学の勉強をつづけているヴェトナムのタンホック。医学生になるのをあきらめて結婚し、夫といっしょに中国料理店をひらいた広東生まれのインセン。そして、シモーヌ・ルフェーヴルのことが話題になった。彼女はパリの寮を出て、しばらくベルギーに帰っていたのを、一年ほどまえ、シカゴに渡っていったとサンサンが教えてくれた。いったい、なにしにシカゴなんて。たしかに私は、パリにいたときシモーヌとはあまり関わりのなかったサンサンのほうが彼女の近況をじぶんよりよく知っていることに、嫉妬していた。さあね、サンサンは私の顔をのぞきこむようにしていった。あなた知らなかったの?

いちどは日本に帰ったあなただって、気をとりなおしたようにサンサンがいった、またこうやってローマに来てるじゃないの。そういわれて私には返すことばがなかった。サンサンも、インドネシアを六歳のときに出て、オランダとパリでコンサートピアニストになるための勉強をしていたのが、いまはローマにいる。私たちは笑い出した。シモーヌはシカゴで、仲間といっしょにパリとおなじような外国人学生のための寮を経営しているということだった。そういえば、パリにいたころ私がつきあっていたアメリカの人たちが、シカゴの大学生だったことを、私は思い出した。もし、私が、彼女たちの熱心な誘いを真に受けて、あのとき東京に帰るかわりにシカゴに行っていたら、シモーヌに会えたはずだった。実務家のシモーヌ、あなたは、またま世話のやける外国人学生の面倒をみることにしたのね、と私はシカゴに手紙を書いた。新しい国に慣れるのに精いっぱいだったのか、彼女からの返事はなかった。

学生運動が燃えひろがった一九六八年前後の数年間を、ミラノにいた私はおそいハシカをわずらった病人みたいに若い人たちの波に乗り、彼らとともに流された。かろうじて私を支えていたのは、一九五二年、大学院生の仲間たちと戦った反破防法運動の日々の記憶だった。だがイタリアで結婚した夫が六七年に急逝したことから、それまでどうにか繋ぎとめられていたとも綱も切れ、私は目標を見失った探検家のように、あてのない漂流をはじめた。

シモーヌがカナダのケベックの郊外で、箱船、という名の運動に参加していると、日本にやってきた彼女の友人から聞いたのは、そんな中でのことだった。ずいぶん北に行ってしまったのねえ。シカゴよりもっと寒いケベックに行ったと聞いて、私はわけもなく淋しかった。パリの最低温度が記録的といわれた、はじめてのヨーロッパの冬を、私は思い出していた。温暖な気候の土地で幼時をすごしたせいもあるのだろう、だれかが、北に行く、とか北に行ってしまった、と聞くと、それだけで、なにか手のとどかない遠いところに行ってしまったように感じてしまう。ケベックなんて寒いんでしょう。なんだか、かわいそうみたい。私のことばに、その人はけげんな顔をした。寒さなんて。それよりシモーヌは、こんどこそ、じぶんのほんとうにやりたいことを見つけたって、元気いっぱいに働いてる。ずいぶん明るくなったわ。それを聞いて、私は考えた。漂流から櫂をあげられないでいるのは、こちらじゃないのか。彼女はとうとう自分の島にたどりついたのかもしれない。

シモーヌ・ルフェーヴルが参加した〈箱船《ラルシュ》〉は、五〇年代にカナダではじまった運動で、障害者とそうでない人たちが、ひろい土地に建てた家で暮らして、なんでもない生活を分かちあう共同体の運動だった。彼らの生きかたに私も深い関心をもったことがあったので、名はずっと以前から知っていた。〈箱船〉の人たちは、シモーヌの小さな皮肉の棘や、ときに私をうろさがらせたおせっかいを、どんなふうに受け入れているだろう。でも、あのやさしいシモーヌの低い声は、きっとみんなをほっとさせるだろう。

とうとうカナダまで行って、じぶんにとっての究極の生き方をみつけたらしいシモーヌのことを考えながら、私は一枚の写真を思い出した。私たちがいっしょに、シャンパーニュ地方からベルギーの国境のあたりまで旅行したときのものだ。あまり澄んでいて青かったのでモノクロームでは黒く写っている空を背景に、彼女は、二噸トラックほどもある農業用の荷車のうえで、かかとの低い、男物みたいな歩き靴をはいた両足をふんばって、笑っている。あのころの私は、じぶんより四つも年長のシモーヌが、おなじようにじぶんの本来の生き方を探してさまよっていたなど、想像もしていなかった。

＊

『火』が出版されたのが一九三六年、そしてイェール大学に提出する博士論文を執筆中だったグレースがマルグリットに出会ったのは、三七年の二月だった。エトワル広場に近いワグラム通りの、マルグリットの定宿だったホテルに泊まりあわせたグレースが、私の部屋の窓から見える小鳥を見にいらっしゃいませんかと階下のカフェで誘ったことから、ふたりの友情は始まり深まっていったと、サヴィニョーは書いている。ふたりは、おない年の三十四歳だった。グレースがまず夢中になって、マルグリットはそれに合わせたのだ、という人もいる。マルグリットのほうも一目惚れだったと書いた本もある。確実にわかっているのは、ふたりが出会った年にふたりで出かけた旅のことだ。じぶんにとってなつかしい場所を、ぜんぶ、だれよりも大切なともだちに見せたい。マルグリットとグレースの旅程を見ると、どうしてもそんな旅だったように思える。

四月、ふたりはパリをあとにする。ジェノワを経て、シチリアへ。そんな特急列車があったのだろう。ずっと海岸線を走ったのか、それとも、ナポリあたりからは船旅だったのか。さらに、ほぼおなじ時期、こんどはローマから、フィレンツェを通って、ヴェネツィア、そして北イタリアをまわる。おそらくはトリエステを経由して、ダルマツィアの沿岸を東に行く。オリエント・エクスプレスがもっとも豪華な旅を提供した時代である。それから、当時、ぜいたくな保養地だったイギリス領コルフ島から、いよいよギリシアに入る。アテネ、デルフォイ、スニオン。八月はまたイタリアでカプリに滞在するが、まもなく、グレースがナポリからニューヨーク行きの船に乗る。九月、マルグリットが彼女の誘いを受けて、はじめて大西洋をわたり、ニューヨークへ。私もかつて旅したことのある、これらの町や都市や海岸や島の、色や匂いや陽光が、土地の名を書きとめるだけで私を酔わせ、私のなかの旅心が目ざめる。そして四月、初めてだったあのローマの朝、汗をしっとりとふくんでいた白いシーツの感触が。

戦争のうわさが疫病のように街にあふれていた三九年、ユルスナールはグレースに誘われてアメリカに行くことにする。もうふつうの手段では、船の切符を買うのも困難になっていた。彼女には勝手がわかったロッテルダムから出るはずのオランダ船は、出航を見あわせた。ドイツ軍の機雷が危険すぎるし、アメリカに行っても、いつヨーロッパに帰港できるか、まったくわからない。船でさえそうなのだったら、マルグリットがこの時期にアメリカ行きを決めたのは、かなり無謀なくわだてだったにちがいない。でも、彼女には、なにもこんなときに行かなくても、といってくれる人がいなかった。結局、彼女たちが手に入れた切符は、パリに近いル・アーヴル発の大西洋航路の船ではなくて、ずっと西にあたるボルドー発の、貨物船だった。

船に乗る直前に撮ったという、縁のひろい黒の帽子をかぶり、粗末な椅子にこしかけたユルスナールの写真がある。優しい表情に写ってはいるが、そのころのある深夜、彼女が素足でワグラム街のホテルに帰ってきたという話が残っている。道路工事の穴につまずいて靴をなくしたといって。そんなことがあり得るのだろうか。

皇帝のあとを追って

「ここに書いたことはすべて、書かなかったことによって歪曲されているのを、忘れてはいけない。この覚え書は、欠落の周辺を掘り起しているにすぎないのだから。あの困難の日々、わたしがなにをしていたか、あのころ考えたこと、仕事、身をこがす不安、よろこびについて、あるいは外部の出来事から受けた深い影響、現実という試金石にかけられたじぶんにふりかかる終わることない試練などについても、わたしはまったく触れていない。たとえば病気について、またそれと必然的に繋がる、人には話さない経験についても、その間ずっと絶えなかった愛の存在と追求についても、わたしは沈黙をまもっている」

『ハドリアヌス帝の回想』覚え書

「これでよい。たぶん、続けることで、あるいは断絶することで解決を図るのも、あの歳月にわたしたちの多くがそれぞれちがったふうに、そして、ほとんどの人たちがわたしよりもっと悲劇的で決定的な経験を通して識ったあの霊魂の闇は、ハドリアヌスとわたしを隔てる距離を埋め、なによりも、わたし自身をじぶんから隔てている距離を埋めるための作業をみずからに課す試みとして、たぶん必要だったのだから」

(同右)

いきなり順路の表示が途絶えてしまったのは、正面の跳ね橋を渡って切符売場で入場券を買い、遊園地などでよく見かける、短い鉄の棒をカタンと手でまわして通る入口をすぎたあたりだった。おそい復活祭が終ったばかりのローマは、まだ極彩色の服装がまぶしい外国の観光客で溢れていたから、街が混まないうちにと朝食をとる時間もそこそこに宿を出てきたのに、とうらめしかった。一般には聖天使城とよばれるここハドリアヌス帝の墓廟は、いわゆる観光コースから外れているらしく、だれかに順路を訊ねようにもあたりはまるで夢のなかを歩いているみたいにしんとしていて、人ひとり通らない。出会うのは、ローマの遺跡には付き物の猫ばかり、さも用ありげに私の前を横切ったり、通行禁止の階段のうえやゼラニウムの鉢のあいだから、こちらを窺ったりしている。一箇所だけ、城壁の窪みのようなところに、ガラス張りの部屋が見えたからそこまで歩いていくと、ずらりと並んだモニターの画面に、監視カメラから送られてくる映像がチカチカと画面に映っているだけで、それを見張っているはずの警備員の姿も見あたらない。ここに来るまでの意気込みが激しかっただけ、すっぽかされた気持でぼんやりした。棒みたいに立ち止まっているわけにもゆかないから、皇帝自身が生前に設計し着工させたという、巨大な円形の墓廟とこれを囲む城壁のあいだの、谷間のように細長い空間を、あっちの隙間をのぞいたり、こっちの扉を押してみたり、しばらくのあいだうろうろした。

ひょっとすると修理とか、撮影とか、なにかの理由で内部への入場がさし止められていて、観覧はここでおしまいということかもしれないと、イタリアでは以前にも遭遇したことのあるいくつかの苦い失敗の体験があたまをよぎったが、念のためもういちど出発点に戻ることにする。すると、なんということか、例の鉄棒をカタンと倒して通る入口のすぐ前に低い石段があって「順路」と書かれているではないか。こちらが見落としただけの話なのだった。

低い石段の上部には、遺跡には不似合いな木の色の新しい通路が作りつけてあって、どうやらそれが墓廟の内側へとつづいている様子だ。現に、ドイツ人だろうか、カメラを肩からかけた、のっぺりと背の高い男がそこを入っていく。

さっそく男のうしろから石段を登ると、通路の先は地底の国に続いているのかと思うほど長い、しっかりした鉄製の階段で、その下がやっと古代ローマの建築らしい、穹窿をいただいた広壮な玄関の広間だった。床の高さが現在の地面より低いのはどの遺跡もおなじだが、まっすぐな階段をいきなり地下に降りたためか、他所よりも深く感じられ、その深さが墓廟の印象を強めていた。

広間の正面の、むかしはおそらくこの廟をおとずれる人たちの目にまず入ったと思われる位置には、オリジナルは紛失したと聞いてきたハドリアヌス帝の、そう考えて見ればいかにも複製らしい、白さの目立つ石膏像が立っていた。身長はゆうに四、五メートルもあるだろうか、これも例によってローマ人好みの常軌を逸した巨大さで、右手をかたちよく差し上げてはいるが、どこか間のびしていて、そのことにかえって親しみがわく。そして、いったいどこから現れたのか、さっき順路がわからなくなったときにはまったく会わなかった観覧者の群れが、皇帝にはふさわしい恭順の表情でその像をとりまいていた。白い上っぱりを着た男女が二、三人、なにやら真剣な顔つきで像を見ながら話し合っているのは、この遺跡に勤務する研究者たちだろう。

紀元七六年、スペインに生まれ、幼くして両親を失って、のちの皇帝で彼にとってはいとこのトライアヌスにひきとられ、ローマで教育を受けたハドリアヌス。ギリシアの文明を愛し、じぶんでも詩をつくり、狩猟にも軍事にも長じ、文学を、建築を愛した、それでいて、あるいはそのために、偉大だが孤独でどこか偏狭な皇帝として歴史に残るハドリアヌス。晩年には、遠い遠征地で出会った少年アンティノウスを溺愛したと伝えられる、皇帝プブリウス・アエリウス・ハドリアヌス。

四十年近くもまえ、二年もローマに滞在したことがありながら、そして、その後もたびたびこの都を訪れながら、私にとって、ハドリアヌス帝の名は、ながいこと、遠くにきらめく、じぶんにとっては別になんでもない星のひとつにすぎなかった。そして、やっといまになって、私は、ここに来ている。ユルスナールのあとを、ユルスナールが愛した皇帝のあとを、いや、たぶん、彼らが愛した〈その先〉にあるものを追って。

紀元一三八年、ナポリに近いバイアの保養先で六十二歳の生涯を閉じた皇帝の遺骸は、陸路ここに運ばれて葬られたのだろうか。いや、おそらくは時代の慣習にしたがってどこかで荼毘に付されたあと、小さな大理石の骨壺に納められてこの壮大な墓所に運ばれたにちがいない。いずれにせよ、旅に倦むことを知らなかったあの才気あふれた皇帝に従って、ギリシアにイギリスに、またナイルを遡行するかと思えばダニューヴを渡河し、さらにアフリカへ小アジアへと休息のひまもなく移動をつづけた忠実な兵士らが、さぞ荘厳な葬列を組んで、彼らの皇帝をこの最後の休息地にうやうやしく送りとどけたことだろう。白い短衣を着け、長い槍を手にした兵士らの静かなざわめきが石壁に谺するように思えたとき、いましがた通り抜けてきたばかりの墓廟をとりまく松林の香気も、この時間にはもうあたりの空気を満たしているはずの都市の喧噪も、一瞬、皇帝の墓所にただようかすかな埃の匂いに溶けこんで実体を失った。

玄関の広間の右手の壁に開いた、小さな黒い長方形と思えたのは、一説にはハドリアヌスを葬ったとされる「骨室」につづく螺旋階段への入口だった。階段といっても、それはひどく緩慢な坂といったほうがふさわしい、ゆるい傾斜の登り道である。終着点の骨室がどのようなかたちで現れるのかは、厳粛な古代宗教の秘儀のように訪問者にはなにも明かされていない。どうせいつかは到着するにちがいない、と信じることにして私は暗闇に身をまかせ、すこし息をはずませながら歩きつづけた。頑丈な鉄枠で囲んだヒシの実のかたちをした照明灯が、足もとが暗くなるかならないかの距離ごとに天井から吊されている。そしてそれ以外は、構築されたときそのままという暗いだけの登り道なのだが、私には皇帝の墓所らしい、どこか高貴で乾いた静寂に包まれて思えた。ふしぎだったのは、いまさっき玄関の広間でみかけた観光客があとから登ってくる気配がまったくないことだった。どこかで道をまちがえたのだろうか。螺旋形をした闇の空間をゆっくり進むうちに、私は、すこしずつ方向感覚まで失ってしまいそうな不安にとらわれはじめていた。

霊魂の闇。それは、前夜、食事をいつもよりはやく済ませ、ホテルの部屋で読んでいた『ハドリアヌス帝の回想』の「覚え書」のなかで出会ったユルスナールのことばだった。それまでになんどか書きはじめては破棄し、忘れられずにまた書いてみるが先には進めずにまた破り棄て、厖大な資料ばかりがたまっていった『ハドリアヌス帝の回想』が、一九四九年、ついに彼女の中で明確なかたちをとりはじめるまでの、孤独で苦難に満ちた歳月であったにはちがいない。それにしてもユルスナールがこの表現を用いているのは、予期しなかっただけ、大きな驚きだった。

　十六世紀スペインの神秘思想家十字架のヨハネによってヨーロッパの思想に浸透した、霊魂の闇という表現が象徴する概念は、そのずっと以前、十三世紀にパリ大学で権威をほこった、そしてローマの学生時代に私の心を捉えたバニョレージョのボナヴェントゥーラの著書『神にいたる魂の旅程』にも、すでに見られる。高々と天上につづく階段を設計する技師のように、ボナヴェントゥーラはこう説明する。神に到達しようとするたましいの道には三つの段階があって、闇にたとえられるのは十字架のヨハネの場合とおなじように、第二の段階だ。

　まず、たましいが神の愛のあたたかさに酔い痴れ、身も心も弾むにまかせて前進する第一段階、そしてふたたび、まばゆい神との結合に至って、忘我の恍惚に身をひたすのが第三段階である。しかし、このふたつのあいだには、神を求めるたましいが手さぐりの状態でしか歩けない第二段階が横たわっていて、歓喜への没入はその漆黒の闇を通り抜けたものだけに許される。ボナヴェントゥーラの説く闇は、私を恐れさせ、また焦がれさせせた。将来を決めかね、川藻のように揺れつづけているじぶんのことがこんなに重荷なのは、すでにその闇に置かれているかのようでもあり、そこに至るまでの道で、ただ、道草をくっているだけのようにも思えた。

　いつかはじぶんにぴったりと合うような、そんな道が開けるはずだ。それがどんなものなのか、いまはわからなくても、その日が来るまでは待つ以外にない。そうじぶんにいいきかせて、ときには呼吸しつづけることだけをみずからに課していたローマでの二年間。いま思うと、私は勉強をしている、というじぶん自身へのアリバイをでっちあげるためだったような気もするのに、人づてに頼み込んで聴講生にしてもらった中世キリスト教神学の研究所に通うことで、どうにか恰好をつけようとしていた。週に二度、朝がくると、私はノートをかばんに入れ、寮を出てローマ市街を横切るバスに乗った。

そのころ、なにかで読んだひとりの男の境涯が私の注意をひいた。男の名は、ブヌワ・ラブレ。今世紀はじめに生きたフランス人だった。神の歓びに到達したいとねがって、彼はトラピストの修道士になる。でもなにかがうまく機能しない。日常の仕事がちゃんと出来ない。厳重に守るはずの祈りの時間にさえ、彼は遅れたりする。修道院の人たちも、こういう生活はブヌワには合わないようだ、と考えるようになる。そのあと、私の記憶では気の遠くなりそうな年月、この男はいくつかの修道院を渡りあるいて、しまいには、修道院の門番にまでなったりして、こんどこそこれが究極の場所かと思う。ところが、どこに行っても、安心に到ることができずに、ぼんやりとした顔をして、出てくる。とうとう、ローマの街で乞食同然になって、物乞いでいのちをつなぐ境遇になった。当然のことだけれど、だんだん健康も蝕まれて、ある夏の夕方、道ばたで息をひきとった。そのとき、彼がどんなヴィジョンに出会ったのか、どんな法悦に浸ったのか、当然、私たちに知るすべはない。それに、これといった奇跡はなにも起きなくて、彼はふつうの行き倒れとおなじふうに死んだのだった。ただ、男が生を終えたとき、ブヌワさんが死んだ、という、子供たちの、歓声に似た叫びが復活祭に近いローマの街路にあふれ、樹木という樹木で、スズメがさえずりはじめたという。いま考えると、どうして教会がこんな失敗の模範みたいな男を、聖者の位に挙げたのかも、私にはわからない。ローマで道に迷った日々、私はそのことを考えていた。もしかしたら、じぶんも彼みたいに、さいごまでなにもわからないで死ぬのかもしれない。そんな時に出会ったのが夫だった。

なにも肩をはって闇などに対決することはなかったのだ、と軽薄にも信じこんでしまったそれにつづく夫との五年間。彼を襲った不意の死。それにつづいたあたらしい闇に、それまでは見えなかった虚像と実体のあいだに横たわる溝の深さを、私は教えられた。

じぶんもそんな闇を通ったのだとユルスナールが語っているのは、当然とは思っても、やはり衝撃だった。私にとっては、揺るぎない自負と確信に満ちているはずの、あの偉大な『ハドリアヌス帝の回想』の作者が。意外さ、そして、むかし慣れ親しんだことばに出会ったなつかしさに、私は声をあげそうだった。

暗闇を進む。何メートルかは、照明が足もとを照らしてくれる。が、また、厚ぼったいマントのような闇がすっぽりと私を包みこむ。すこしずつ、高みに向いつづけているはずなのに、周囲が見えないから、どれほど来たのか、その実感が得られない。骨室へとつづく螺旋階段は、さまよっていたあのころに読んだ、私を捉えながら実体がまるで把握できなかった霊魂の闇にかぎりなく似ていて、そのことに私は心のどこかで安堵していた。

＊

地球のあちこちで多くの人たちが苛酷で理不尽な戦争に巻き込まれようとしていた一九三〇年代の終りに、ユルスナールは、やがて彼女にとって生涯の伴侶となるグレース・フリックの、おそらくはやさしく執拗だった誘いを受け入れて船に乗る。食糧も乏しくなりはじめたパリで生きのびるための具体的な手だてはなかったし、戦争はまもなく終ると新聞は書きたてていたから、ものの半年ぐらいならと高をくくって彼女はアメリカに渡った。出発する彼女を引きとめてくれる人がいなかったのとおなじように、こんどはグレースだけが彼女を待ってくれているアメリカに行くのだった。だが戦争は終らず、それどころか日々拡大するばかりだった。それでもまだ、マルグリットは、やがてはじぶんがその土地に永住するなど、考えてもみないことだった。

戦時中の不如意について、ユルスナールはなにも年譜には書き残していない。だが、彼女自身が編んだといわれるプレイアード版の年譜に四四年の項が欠落していることにも、私は彼女が通り抜けた「霊魂の闇」の深さを読みとらずにいられない。予期せずに幽閉された牢獄の暗さに彼女が気づいたのは、たぶん、フランスへの帰国を予定していた——それには連合国の勝利とドイツの降伏が前提となるはずだった——「半年」が過ぎて、一年に及ぼうとしたあたり、四〇年から四一年、だったのではないか。

四〇年、ニューヨークに滞在していたユルスナールは、友人で著名なポーランド生まれの人類学者、マリノウスキーのアパートメントでラジオを聞いていてパリ陥落を知った。「ひとつの世界が終わったように思え、ふたりで泣いた」

そして年譜は黙しているけれど、こんなくだりが、最近出版された彼女の書簡集に見られる。ひとつは、当時、ユルスナールを庇護し、できるかぎりをつくしてヨーロッパと連絡をとってくれたニューヨーク在住のユダヤ人の友人にあてたものである。

「……毎日の暮しにはかなりうんざりしています。フランスからも、ギリシアからも、まったく便りがないので、わたしの絶望は大西洋の幅と深さにとどきそうです」（一九四二年）

もう一通は、戦後、四六年に、フランスの旧知にあてた手紙の一節。

「もう遠くなってしまったあのころ、まるで『箱船』みたいだったアメリカで私にとってなによりも怖かったのは、消えてしまった、沈んでしまった世界のうえを、もう二度と陸地に着けないのではないかと思いながら、漂いつづけているような、あの感覚でした」

四一年の復活祭の日、旅先のチャールストンから、かつて愛しあったギリシア人の女ともだち、ルシー・キリアコスに宛てて、たぶん絵はがきだろう、彼女はみじかくしたためる。

「ほんとうに大切なルシー、サン・ジョルジュに行ったときのこと、あなたはおぼえてる？（みんなによろしく）たった一年まえのことだったのね。わたしは、どの庭もがマグノリアの大木にうもれたような、この小さなうつくしい町にちょっとのあいだ、滞在します。お手紙いただきました。でも仕事が山ほどあったので、まだお返事は書いていません。いつになったらわたしたち、会えるのかしら。いやな時代だけれど、生きていれば、いいこともあります。

こころをこめて、
マルグリット」

だが、投函しそびれているうちに、ルシーはほぼ一年後、空襲で落命、出しそこねた絵はがきは、差出人の手もとに残った。

こうした「悲劇的な」状態に加えて、じぶんが友人たちの厄介になっているという負い目をひしひしと感じているユルスナールを、さらに孤独にしたことのひとつは、この国の知的活動に自信をもって参加できないもどかしさだった。四一年、グレースが学務主任になった女子ばかりの小さなジュニア・カレッジで、彼女がフランス語、歴史、美術史を、無報酬で教えることをひきうけたのも、じぶんのほんとうの背丈を、だれかに知ってもらいたい気持のあらわれと考えてよいだろう。たとえ相手は短大の女子学生だっていい。だれかと、知的なレベルでの会話をしたい。ユルスナールは飢えていたにちがいない。

先生の英語ですか、とユルスナールの講義に出ていた女性が、伝記作者に訊ねられて頬をゆるませた。それはもう、英語っていうのか、なんていえばいいのか。

もちろん、英語ができる、できないの問題などではなかった。ユルスナールという作家／人格が、表現のはけ口を求めていたのに、その手段を獲得するすべが、彼女にはなかった。ヨーロッパ文化の粋であるような彼女の思考回路をすんなりと理解できる人は、当時のアメリカの、すくなくともマルグリットの周囲には皆無だったのではないか。加えて、彼女はけっして外国語に堪能なタイプの人ではなかったらしく、とくに会話は苦手だったようだ。

語彙の選択、構文のたしかさ、文章の品位と思考の強靭さ。それらで読者を魅了することが、ユルスナールにとっては、たましいの底からたえず湧き出る歓びであり、それがなくては生きた心地のしないほど強い欲求だったにちがいない。それらを受けとめてくれないアメリカの土壌は、彼女にとって、吹く笛にだれも踊らない荒野だった。たとえ、フランス語を理解するグレースがそばにいたとしても、だ。ユルスナールは、dépaysement の一語でこの時代の孤独を表現しているが、これこそは彼女の歩いた「霊魂の闇」の時間ではなかったか。ちなみに、手もとの辞書には、dépaysement＝異郷で暮らすことの居心地の悪さ、とある。

自己をたえず言語で表現しようとすることがそのまま生きる証左でもある作家にとって、自国語を話す機会もなく、またこれを聞くことができない空間に生きることが、二重の孤独を意味するのは容易に理解できる。アメリカに移住して、アメリカ好みの『ロリータ』を英語で書いたロシア人のウラディミル・ナボコフ。ポーランドに生まれ、『闇の奥』や『ロード・ジム』で陰影のある孤独な運命を描いたジョゼフ・コンラッド。そして『阿呆のギンペル』『ルブリンの魔法使い』の作者で、ユダヤ系ポーランド人のアイザック・バシェヴィス・シンガー。彼らそれぞれが違ったふうに、このおなじ孤独を味わったことは、その作品に滲み出ている。ナボコフ文学の頭脳ゲーム的な特質は、それが基本的にはスラヴ的、ロシア的であることを差し引いても、外国語で書くというハンディキャップから作者を守ってくれる隠れ蓑になり得たし、国内の慣習にはうるさいイギリス人の批判をかわすためにも、アフリカやアジアの森林や海という、文化を離れた場所にコンラッドが小説を設定したのも理解できる。

シンガーの場合は、しかし、このふたりとは異なっている。移住した国の文化に溶けこむかどうか、受容されるかどうかは彼にとって重要ではなかった。彼をはぐくみ育て、そして刻々、解体の危機にさらされている文化に彼の思考はあまりにも深いところでつながっているからだ。おそらくは、アメリカに渡ってからもユダヤ人の共同体が、彼を守ってくれたこともあるだろう。だが、彼がアメリカにあっても英語で書こうとしなかったことのもっとも強い心的動機は、滅亡を強いられる東欧のユダヤ人の宗教と文化について、それを支えた人たちの言語であるイディッシュを死なせたくなかったからではないか。

状況も興味の対象も異なっていたにせよ、ユルスナールもまた、彼女が背負っている文化から余儀なく切り離されてアメリカにとどまったことによって、じぶんのヨーロッパ性をより明確に自覚したにちがいない。その自覚が『ハドリアヌス帝の回想』を、彼女がずっと以前、考えていた作品とは異質なものに発展させてゆく。「霊魂の闇」の通過が、作品を皇帝の私的な物語から、ひとつの文化の物語に移行させ、それまでの彼女の作品には種子としてしか存在しなかった、歴史の重さへの普遍的な自覚が加わったのではなかったか。

作品が完成した一九五〇年の十二月の年譜に、彼女はこう書いている。「二十年まえ、ギリシア・ローマの過去に生きた偉大な人物についての詩的な夢物語として着手されたこの仕事は、歴史を〈内側から書き直す〉作業になってしまった」

創作の経緯を年次を追ってたどってみることにする。

最初、ユルスナールがハドリアヌス帝のテーマにとりくんだのは一九二四年、二十一歳のときだった。ちょうどそのころ、彼女は父親に連れられてローマ郊外のヴィラ・アドリアーナ〔ハドリアヌス帝離宮〕の遺跡をたずね、強烈な印象を受けている。歴代ローマ皇帝のなかで、彼女がとくにハドリアヌスに興味をいだいたのは、この体験が発端となったことに疑いない。しかし、作品が完成をみたのは一九五〇年で、そのあいだに戦争があり彼女のアメリカ移住があったから、かならずしも連続的ではなかったとはいえ、ユルスナールはこの作品について四半世紀というながい時間、想を練りつづけたことになる。

一九二四年から二九年までの五年間、彼女はハドリアヌスについての作品の構想を、数回にわたって書きなおし、まとめようとするが、どれも満足のゆくものではなく、計画は実を結ばないままに終った。二六年には、対話体で書いた『アンティノウス』と題された作品を出版社に送ったが、出版の運びには至らなかった。さきにも触れたが、アンティノウスは皇帝が愛したといわれる青年の名だ。彼女はそれまでの原稿をすべて焼きすてた。(夜、書いたものを、彼女は暖炉に残った燠《おき》で、朝早く、焼きすてるのが習慣だった)

二七年、ユルスナールは、そのころ調べていたフロベールの書簡集にこんな文章を見つけて深く感動する。

「神々はもはや無く、キリストは未だ出現せず、人間がひとりで立っていた、またとない時間が、キケロからマルクス・アウレリウスまで、存在した」

これを読んで彼女は考える。その時代には人間が「ひとりで立っていたから、すべてに繫がっていた」と。ハドリアヌス帝は、この時代を負うものとして、描かれなければならない。だが、皇帝は彼女のなかで立ち上がらない。書けば書くほど「細部ばかりが」雑草のようにはびこって、「わたしは、ひとりの男が目で見、耳で聞いたこの世界を生きたものにすることができないでいた」。

三四年から三七年まで、ユルスナールは、再度、いくつかの草稿をまとめてみるが、これも捨ててしまう。資料を蒐めて、これなら、と書きはじめるが、先が見えない。「いずれにせよ、私は若すぎた。四十歳まえに挑んではならない本があるのだ」機が熟すまで、ユルスナールは、まだ十年も、待たなければならない。

三七年、知り合ったばかりのグレースにさそわれて初めてアメリカに滞在したとき、マルグリットは彼女が勉強していたイェール大学の図書館に通って、もういちどハドリアヌスをめぐる資料をつぶさに調べる。そして、一気に書きあげたのが、現在、定本の冒頭の数ページにあたる「彼が医者を訪ねるくだり」。

そして、フレイニョーへの不毛な愛。戦争。船出とそれにつづいた dépaysement の日々。もちろん経済的な負担をグレースにかけている心苦しさもあったろう。彼女は書く。「わたしとハドリアヌスを隔てる距離」「わたしをじぶんから引き離していた距離」を埋めるためには

「必要だったあの霊魂の闇」。

彼女はこうも書く。「わたしは、いま、ものを書かないもの書きの絶望に落ち込んでいる」闇だった、と書くことができたのは、しかし、それをくぐり抜けてからの話だ。戦争が、異文化の世界が彼女を隔離し、幽閉し、「人生の大半が過ぎようとしていた」。


すこしずつ前方が明るくなって、トンネルのような螺旋階段もいよいよ終りに近づくかと思われた。どこかに天窓があるのだろう、もういちど、周囲に自然光がもどって、漆喰で被われた白壁の広い空間が現れた。だが、どういうわけか、私が立っていたのは、部屋の入口の敷居といった場所ではなく、周囲を粗けずりな壁にかこまれた巨大な空間を斜めに横断する、階段というよりは「傾斜した橋」と形容するのがぴったりな通路のとば口だった。これが皇帝とその親族の納骨室、あるいは単純に骨室（すべての付着物を洗い去ったような、ossarium の訳語だろう、若い日本の研究者たちが用いている、裸なこの呼び名が私は好きだ）と呼ばれる、墓所ぜんたいの中核にあたる部分だ。

ハドリアヌス帝の遺骨が納められたのは、一説にはこの部屋といわれ、他説によると、さらに上方、建造物の最高部にある、現在は宝物の間と呼ばれ、ルネッサンス時代の教皇がけばけばしい装飾をほどこさせた部屋がそれであったという。「皇帝はみずから設計した墳墓の最高部にじぶんが祀られることを予定したことはまちがいない」と断定する専門書もいくつかあった。

　手すりにつかまるようにして、その長い階段を登りはじめた私は、ちょうど中ほどまで来たとき、どうしてそれが「傾斜した橋」の形態に造られているのかを理解した。橋のちょうど中ほどにあたる高さの右側の壁に、最初、玄関の広間で見た壁龕とおなじような窪みがあって、その上部の壁面にはなにやら文字を刻んだ大理石の碑がはめこまれてあったからだ。それが、ハドリアヌス帝の埋葬を示す碑文にちがいない。HADRIANUSと白い大理石に刻まれた文字が目にとまったとき、そう思ったのを憶えている。それなのに、私は、その横をすいすいと通りぬけた。あれはいったいどういうことだったのか。この墓所を目あてに長い闇の道を登ってきたというのに、私は、まるで関係のない他人みたいな顔をして通り過ぎるところだった。どうせ修辞に飾りたてられた、解読もままならぬラテン語の碑文だろうと、無視したのだったか。

　いきなり、元気いっぱいの子供たちの声が頭上から降ってきて、私は足をとめた。声の方向を見上げると、たぶんそれが地面の高さなのだろう、太い鉄格子がはまった四角い窓があって、格子のあいだから、まるでいちどきに群れ咲いた小さなヒトデみたいに、原色の赤や青のナイロンジャケットの袖口から出た子供たちの手が宙をまさぐっている。生命と好奇心にあふれた手たちに圧倒されて、死者と歩いていた私は、凍りついた。そのとき、甲高い声が叫んだ。あっ、なかに皇帝がいるぞ。他の声がつづいた。ほんとうだ。皇帝《インペラトーレ》だ、皇帝がいる。

近くの小学校の課外授業なのだろう、ここがハドリアヌス帝の墓所だということを事前に教えられて来て、掃き出し口のような窓から暗い地下をのぞくとなかに人影が見えた。それで、子供たちの結論は簡単だった。私は生きた皇帝ハドリアヌスなのだった。

思索の流れを子供たちに断たれたわけではないのだが、なんとなく気が散ってしまって、私はさっさと軽い気持で橋を渡ってしまった。そして、階段を上がり終えてから、気がついた。いくら修辞句に満ちているといっても、やはり有名な骨室の碑文は読んでおくべきだった。そう思い立つと、螺旋階段の闇を抜けているあいだ、いったいどこにいたのかと思うほど、いまは三々五々の見物客が群れて向かってくるのを、私は、波をかきわけるようにして、順路を逆にもういちど骨室の階段を駆け降りた。

壁の大理石に刻まれていたのは、碑文というのではなく、ハドリアヌスが死の床でつくったといわれる、あの有名な詩の一節だった。

Animula vagula, blandula,
Hospes comesque corporis,

Quae nunc adibis in loca
Pallidula, rigida, nudula,
Nec ut soles dabis iocos.

たよりない、いとおしい、魂よ、
おまえをずっと泊めてやった肉体の伴侶よ、
いま立って行こうとするのか、
青ざめた、硬い、裸なあの場所へ、
もう、むかしみたいに戯れもせず……

この詩をユルスナールは『ハドリアヌス帝の回想』の扉に引用し、冒頭の行を第一章のタイトルに用い、さらにフランス語訳を本文の最後の数行に織り込んでいる。縮小形の名詞をふんだんに使った語の配置は、古典的な正調というよりは、むしろ遊戯性に富んだ詩法のように、私には思える。端正、というよりは、どこかバロックの匂いさえする。だが、それだけに、魂がやがて迎えようとしている厳粛な死を語りながら、少々照れたように、小さな魂よ、おまえは、と呼びかける皇帝の口調は、あたたかく、ほほえましい。ulaという前後に母音をしたがえた縮小語尾がふんだんに用いられ、さらにやわらかいL《エル》音をいくつも重ね、それがぜんたいを、愛情にみちた優しさで包みこんでいる。もしかしたら、animula 小さな魂、と皇帝が呼びかける相手は、ふつう解釈されるように、死にのぞむ皇帝みずからの魂ではなくて、皇帝がじぶんの魂のようにいとおしんだ、青年アンティノウスの霊への呼びかけではないかと。新味のない詩を書いた皇帝ハドリアヌス、と私の本棚にあるローマ文学史は、度外れた彼のギリシア崇拝を少々見下した調子で述べている。ウェルギリウスをはじめ新興ローマには、すでに栄えある詩法が確立されているのに、どうして過去のものであるギリシアに思いを馳せることがあるのだ。学者たちがそういって皇帝をなじるようにも聞こえる。

サヴィニョーの伝記によると、作家マルグリット・ユルスナールにとって重要な意味をもつ年になった一九四九年の一月二十四日、待ちあぐんでいた「彼女のトランク」が、スイスからメイン州マウント・デザート島の彼女の家に届いた。戦争を経て、すでに紛失してしまったかもしれないと、半分あきらめていたトランクのありかを、フランスを離れるまで彼女が根拠地のようにして使っていたローザンヌのホテルにひとりの友人がつきとめ、アメリカの彼女のもとに送りとどけてくれたのである。おそろしく面倒だったにちがいないその手続きを一手に引き受けてくれた友人とは、さきにもマルグリットの手紙で触れた、ニューヨーク在住のユダヤ人実業家ジャック・カヤロフだった。

「マルグリットには、むかしから、ほうぼうの旅先に荷物を置いてゆく癖があった」とある本には書いてある。ずいぶん奇妙な「癖」みたいに思えるのだが、父親の借金を払って以来、定住する「家」を持たなかった彼女にとって、ホテルに荷物をあずける他、選択の余地などなかったのかもしれない。

おまえたちはトランクとスーツケースの違いも知らない。小さいころ、父はよくそういって私たちを叱った。学校の休暇ごとに荷物をいくつかのスーツケースに入れて、東京から関西の祖母のところに一家そろって「帰る」習慣だったが、私たちが、さあこれもトランクに入れよう、などと話しているのを、彼は聞きとがめて、うるさく訂正した。トランクというのは西洋の長持のことだ。おまえたちが手で持って歩けるようなものじゃない。

そういえば、祖母の家の納戸には、彼がヨーロッパ旅行をしたときに使った、私と妹がすっぽり入ってしまうくらい大きい、周囲の桐簞笥や長持にくらべると、まるで生きものみたいに存在感のあるトランクがしまわれていた。真鍮の鋲が暗緑色の地に映え、それだけでも遠い「西洋」を思わせたが、当時の流行だったのだろう、地の色がほとんど見えないほど、いちめんにあざやかな色のラベルが貼りつけてあった。アルファベットがやっと読めるようになると、私と妹は、機会をねらっては納戸にしのびこみ、これはブダペスト、あっ、これはロンドン、と父が泊まったホテルのラベルをひとつひとつ手でおさえながら、彼が旅行したヨーロッパの国々に想いを馳せた。一九五三年に私がヨーロッパに行くと決まったときも、父はまっさきに銀座の専門店に行って、私には立派すぎると思えた小ぶりのトランクを二個、誂えてくれた。これからの旅には軽いものがいいというので、私があこがれていた暗緑色の地ではなくて、白っぽいアルミニューム張りだったのを、父は、もう昔ふうのは作らないと聞かされたらしく、あれほどの老舗が、と残念がった。

父祖の記憶は、その日、マルグリットのところに届いたトランクにもぎっしりつまっていた。彼女が荷物をローザンヌのホテルに置き去りにしていたのは、生前の父親のミシェル・ド・クレアンクール氏がずっとそこを定宿にしていたからで、家族間でかわされた古い手紙や古文書類がおもな内容だった。また、クレアンクール家に代々つたわった食卓用の銀器ひと揃いもいっしょに出てきて、マルグリットを有頂天にした。トランクには彼女が育ったベルギーのモン・ノワールの城館の、大切な部分が収められていたことになる。小さいときから使いなれていたナイフやフォークで食事ができるようになってほっとした、という意味のことを、後年、彼女は書いている。

どっしりと重い銀製の、少し先がまがってしまったフォークや、肉を切るときにいつも力が入るあたりが摩滅したナイフを、大事に使っていたミラノの友人がいた。夕食に来てちょうだい、と招かれて、がらんとした都心の大きな邸に行くと、彼女はよろこんで、ちょっと大げさだけど、ごめんなさい、といいわけをしながら、趣味のいい、細工をほどこした銀の燭台にキャンドルをともした。離婚後の一時期、神経を病んでいたその友人は、病院から両親の死後ずっと閉めてあった古い家に戻ってきて、これらの古い銀器を手にしたとき、思ったという。これがあれば、もういちどやりなおせる。

また、ニューヨーク生まれのユダヤ系の友人夫妻は、結婚したときに、老人ホームにいる伯母さんから贈られた、銀器のセットを見せてくれた。その伯母さんは、戦争のときにポーランドから、いのちからがら逃げてきたのだったが、それでもこの銀器だけは手放さなかった。歳月がすぎて、ニューヨークの暮らしが落ち着いたとき、伯母さんは、その厖大な数のセットがそっくり入る、五段重ねのビロウドを張った食器用ケースを作らせた。ナイフやスプーン一本一本の柄に押された「純銀」のマークを確かめながら話をすすめる友人のよこで、私は、伯母さんがポーランドに残してきたという、赤い糸でこまかく刺繍したカーテンのかかった、白い清潔な台所や、どっしりとしたホウロウのオヴンや、窓際に置いたゼラニウムの鉢のことを思った。

銀の古い食器がトランクから出てきたとき、マルグリットにも勇気がわいて、これがあればアメリカでだって暮らせるという深い安心といっしょに、定住への意志の、すくなくとも小さな芽ばえが生まれたのではなかったか。

だが、このトランクには、もうひとつ、私たち読者にとっては銀器とは比較にならないほど重大な意味をもつものが入っていた。それは、ユルスナールが何年にもわたって温めていた、ハドリアヌス帝につながる資料と、長い待ち時間のあいだに黄ばんでしまった、若いときに書いた原稿の断片だった。

「親愛なるわたしのマルク」とそれだけ書いた紙切れがトランクから出てきたとき、彼女はヨーロッパに残してきた友人たちの顔をひとりずつ思い浮かべて考えた。マルクって、いったい、だれだったかしら。困ったわね、友人の名前まで忘れるなんて。そして、はっとする。マルクというのは友人の名などではなくて、ハドリアヌス帝が、じぶんのあとローマ帝国を継承するのにふさわしい人物として心に描いた、歴史上では彼の二代後に皇位についた、あのかがやかしいマルク（ス）・アウレリウスのことではないか。それは、以前に書いたヴァージョンの書き出しの部分で、いま、私たちが手にする『ハドリアヌス帝の回想』も、これとおなじ言葉で始まっている。「親愛なるマルク」

こんなことも彼女は書いている。

「その夜、手もとに戻ってきたもののなかにあった、散逸した蔵書のなかの二冊をわたしは手にとった。一冊は、アンリ・エティエンヌ版の美しい『ディオン・カシオス』（紀元二世紀から三世紀にかけて生きた歴史家〕と、『ヒストリア・アウグスタ』〔歴代皇帝伝〕の普及版が一巻、わたしがこの本〔ハドリアヌス帝の回想〕を書く計画をあたためていたころ求めたもので、二冊とも皇帝の生涯にかかわる中心的な資料だった。これを初めて読んだころからその夜までのあいだに世界とわたしが共に嘗めた辛酸が、とうに過ぎ去った時代の年譜に重みを添え、皇帝の生涯にも、むかしは存在しなかった陰影を彫りこんでいた。ずっと以前、わたしはこの皇帝のことを、おもに学識者、旅人、詩人、愛人として考えていたのだったが、これらの人物像のどれもが消滅することのないまま、そのなかに、はてしなく公的であると同時に、かぎりなく私的な皇帝のイメージが、いままでにない鮮明さをもって立ち上がるのを、わたしは感じた。世界の崩壊を生きぬいたことで、わたしは、君主についての重要な意味を教えられたのだった」

その夜から二週間も経たない二月十日、ユルスナールはもう書きはじめていた。教鞭をとっていた東部の名門サラ・ローレンス女子大が休暇に入るのを待つようにして。だが、そんなときでも、彼女は旅をやめない。ニューメキシコのサンタ・フェで、先に出発したグレースと彼女は落ち合うことになっていた。原稿を書くための白い用紙をかばんに入れて、ユルスナールは列車に乗った。そのころ住んでいたニューイングランドのハートフォードからニューヨークに出て、そこから、最初の乗換え点であるシカゴに行く列車だ。作品に付された「覚え書」は、そのときのことをこんなふうに述べている。

「まるで地下の墓所に籠っているかのように、わたしは寝台車の個室から一歩も出ることなく、夜おそくまで書きつづけた。さらに翌日も、シカゴ駅の食堂で、一日中、吹雪で止まってしまった列車を待つあいだも。そしてまた明け方まで、サンタ・フェ鉄道の展望車で、ひとり、コロラドの黒くつらなる山巓と永劫を描き出す星空にみまもられて。〔冒頭の〕食物、愛欲、睡眠など、人間について皇帝が知っていたことを述べるくだりは、こうして一気に書かれた。あの日々、あの夜ほどに燃えさかった時間を、わたしは他に知らない」

深い集中の時間は、帰りの列車でも変らなかった。サンタ・フェで無事、グレースと落ち合い、D・H・ロレンスのあとをたずねていったタオスでも、彼女は、一日も休むことなく、人が変ったみたいになって書きつづける。ながいあいだ、こんな速度で書くことはなかった、とグレースも、マルグリットも、それぞれのノートに記している。一九三九年ヨーロッパを離れた日から、彼女がこれほどに充足した日々をもったことはなかった。

書いては消し、消しては書く。霧の深い日、見え隠れする信号灯に行きなやむ長距離列車のようにたどたどしく進む他に文章をつくるすべを知らない私だが、ユルスナールのこの箇所を読むたびに、なぜか深くなぐさめられる。じぶんの非力に焦燥を感じてよいはずなのに、どうしてなぐさめなのか。たぶん、ほぼ彼女たちの当時の年齢でもあった四十五歳からの二、三年間、私なりに持つことを許された、あの熱に浮かされたような、狂的といっていいほどの速度と体力と集中で仕事ができた時代を思い出させてくれるからだ。まちがえた場所に穴を掘ってそのことの危険に気づかないウサギみたいに、いまになって思えばその仕事も数多い私の試行錯誤のひとつにすぎなかったのではあるけれど、とにかく全力を注ぐ対象ではあった。あの精力と、当時、じぶんが愛情と信じていたものとを文章を書くことに用いていたら。そう考えることが、稀ではあっても、たしかにある。時間が満ちていなかった、いや裸なじぶんに向かいあうのを、避けていたのかもしれない。いずれにせよ、そのことを漠然とではあっても知っていた常夜灯のような覚めた一点がじぶんのなかで明滅していたことを、もうひとりのじぶんがどこからか見ていたことも、ほんとうだ。

墓室の白い大理石に刻まれたハドリアヌス帝の詩行を胸におさめると、私はもういちど、長い階段を上がりはじめた。ハドリアヌスは、現在の私より若い、六十二歳で他界している。死期の近いのを悟った皇帝の述懐のかたちでこの作品をまとめたユルスナール自身は、八十四歳まで生きた。じぶんに残された時間はいったいどれほどなのだろうか。

骨室の階段を登りつめると、周囲の様相はがらりと変った。建造物はもはやハドリアヌス帝の遺跡ではなく、これを意のままに利用し、改造した歴代の教皇たちの虚栄の夢の跡、彼らが贅をつくして造らせた、きらびやかな離宮の一角にすぎなかった。眺望のひらけたテラスに立つと、大きくS字形の曲線を描いて空色に流れるテヴェレ川に架かった橋という橋は、夏の日、巣穴をふさがれて右往左往するアリの群れのような車の洪水にびっしりと被われていた。テラスのもういっぽうの側からは、こころにひびくことばを失って、古い信仰を伝えあぐねる教会の内面とはうらはらな、聖ピエトロ寺院の穹窿が朝の光に照りかがやいて完璧を誇っていた。あの闇の中をくぐりぬけてきた螺旋階段が、いまも靴の下に存在しているのが、一瞬、信じられなかった。あの道に迷いこんだのは、私だけだったのではなかったか。いま、私のよこで笑いさざめいている陽気な観光客たちには、別の、もっと明るい登り道が、そっと用意されていたのではなかったか。

神々が去って、未だキリストの到来していない時代。ふと、ユルスナールが愛した、フロベールの書簡のフレーズが胸に浮かんだ。空白の時代を生きた皇帝の跡を、私はもうすこしのあいだ、離れないで歩きたかった。

木立のなかの神殿

「それにしても、アテネはあいかわらずの美しさだった」

『ハドリアヌス帝の回想』

通算十五年もヨーロッパで暮らしたというのに、いちどもギリシアに行ったことがなかった。パリにいたときも、ローマでも、ミラノでも、何人の日本の友人が、帰国するときに私にいったことだろう。国に帰るまえに、アテネに寄っていきます。ヨーロッパまで来ていてアテネを見ないでしまうのは、あまりにも惜しいから。それなのに私は、目をつむるようにして、パリやローマやミラノに踏みとどまって、いつもギリシアを「つぎの機会」にまわしていた。

ギリシアが怖かったのかもしれない。アクロポリスの太陽にきらめく神殿を見てしまったら、それまでじぶんが大切にはぐくんできたイタリアが、音をたてて崩れ去るのではないか。じぶんなりに構築してきたつもりの文明の流れへの理解を、もういちどゼロから築きなおすことになりはしないか。そんな気持が私をギリシアから遠ざけていたのは、ほんとうだ。そして、意味のないそんな恐怖から私を自由にしてくれたのは、ギリシアを愛したユルスナールであり、彼女が私に語りつたえてくれたハドリアヌス皇帝の生涯だった。ながいこと忘れていた、体力的にも時間的にも無謀とおもえる旅行を、その夏、友人たちと語らって私はギリシアへの旅を実現した。その夏、私には、アテネも、スニオンも、大小の神殿も、どこかなつかしい乾いたことばを話すギリシア人たちも、そして蟬の啼くピスタチオの畑までが、かぎりなくかがやいてみえた。

*

テセイオン、テセウスの神殿。いつのころからか、アテネの人たちはその神殿を、まちがえてこう呼ぶようになったという。美しいこの神殿が、かつてこの都をミノタウロスの魔手から救った英雄、テセウスを祀ったものにちがいないと、あるとき彼らはかたく信じてしまったようだ。

だが、そんな名の神殿がアテネに存在することも、元来はそれがゼウスの子で火と鍛冶仕事の神、あの醜いヘパイストスを祀ったもので、この神殿が正式にはヘパイステオンと呼ばれるべきであることも、いつものわるいくせでなんの観光準備もせずアテネに着いた私は知らなかった。ただ、アクロポリスの高みにはじめて立ったその夏の日の朝、丘のふもとで銀鼠の葉を太陽にきらめかせているオリーヴの林のなかの神殿が、それまで漫然と眺望を愉しんでいた私の視界にとつぜんの激しさで飛びこんできたのだった。その瞬間、神殿と私のあいだになにが起ったのかは、わからない。テセイオン、という乾いたひびきが、深井戸に落ちた小石のように私のなかでかすかな振動をつたえて揺れ、私は、完璧なパルテノンのまぶしい大理石を背に、林のなかの小さな神殿にたましいを奪われて、ぼんやりした。

規模こそ大きくはありませんが、ドリア式建築のなかでもっとも保存状態のよい建物のひとつであるテセイオンは、造られた当時のほとんど全容を今日に伝える、めずらしいものです。白くきらめく下界の神殿をゆびさしてガイドがそう説明したとき、どういうわけか私は、そのあとすぐみなで丘を降りて神殿まで行くのだと思いこんでしまった。私の錯覚に応えるようにして、白いスニーカーのなかのせっかちな足は、はやばやと崖を駆けおりる靴底の感触をつたえはじめ、耳はもう、太古の泣き女のすすり泣きのようにオリーヴの林にこだまする怠惰な蟬の声を聞いていた。

前日の夜更けにアテネに着いたばかりだったから、私はテセイオンのある古代アゴラの遺跡が、そのとき私たちが立っていたアクロポリスの丘とは、切り立った崖できっぱりと隔てられていて、そこまで降りてゆくには、いちど反対側から山を降りて大きく街を迂回しなければならないことに気づいていなかった。だから、観光バスに戻って、あとは都心のカテドラルまで行くだけでツアーは終了だと知ったとき、もともと細かく経路をしらべて乗ったわけでもないバスの会社になにやらしてやられた気分になったのは、まったくの八つ当りだった。さらにその不満は奇妙なわだかまりになって、その日の午後のスニオン岬への遠出のあいだも、翌日、日帰りで出かけたサントリーニ島への機内でも、夜、賑やかなプラカの小路に張り出したテーブルで旅の仲間たちと濃紺の空に満月を仰ぎながら夕食をとるあいだも消えることがなく、オリーヴ林に埋もれた神殿テセイオンは、白い朝の花火のように私を呼びつづけた。

アテネへの旅行は、私にしてはめずらしい四人道中だった。たがいに気ごころは知れていたけれど、興味の対象はそれぞれ異なっていたし、とくにギリシアの滞在予定はたった中三日だったから、気持をむだにこすりあわせないようにと、それぞれがつかず離れずの行動をとることにして、夜の食事だけ、四人が集まった。それでも不慣れな土地での時間はあっという間にすぎていったから、私がテセイオンに行く機会は、容易につかめそうになかった。

明日はアテネを出発という日の朝、前日の疲れで寝坊することに決めた様子の三人を宿に残して、日本からもってきた簡単な地図を片手に、私は街を目ざした。ホテルは旧市街を東南にはずれたハドリアヌス門のすぐそばだったから、まず二本の幹線道路を渡ってアクロポリスの崖に突きあたるまでまっすぐに行き、そのあとは、山裾が描く自然な曲線に沿ってどこまでも行けば、テセイオンのある古代アゴラに出られるはずだった。

英語の案内書ではマーケットと訳されているアゴラは（じっさいには、現代のアゴラは中央市場にすぎないらしいのだが）、ローマでいうフォールムとおなじように、建造物と道路をあわせた、都市の心臓部ともいえる地域の総称で、女子供と奴隷をのぞく市民の日常にとって大切なことのすべてがそこで論じられ、決定された。アゴラではしたがって、政治も、哲学も、詩も、文法も、そして商品の取引までが、肩をこすりあわせる日常のいとなみだったことになる。

説明を読んでいて、私はミラノのフォンターナ広場を思い出した。大聖堂の裏側にある、黒い実のなる樹木がうっそうと繁った、どこかうっとうしい広場で、35番の路面電車が、まだここに停まっていたころ、夫が勤めていた書店に行くには、そこで降りるのがいちばんの近道だった。中央に噴水があって、泉あるいは噴水を意味するフォンターナという広場の名はそれに由来していたが、遠いむかしにはきっと湧き水の泉があって、近所のひとが飲み水を汲みにきたり、旅人が木陰で疲れを休めたりしたのだろう。夫が生きていたころは、夏になると樹木の葉がこんもりと繁って、なんとなく田舎の広場みたいな、なつかしい感じもした。広場の一角に大司教館があったり、旧王宮が近かったりしたせいだろうか、その周辺だけが戦争の爆撃をまぬがれ、そのために、かえって建物の古さが目立った。また、大司教館の反対側には、間口の狭い、安っぽい宝石を飾り窓にならべた店が並んでいるかと思えば、そのすぐ裏側は、白昼から脚線美をひけらかす娼婦が客をさそっている細い街路につづいていた。

ミラノでの生活に慣れてくると、私はその広場が、背広を着た男たちでごったがえす日があることに気づいた。それも一日中、というのではなくて、ある時間帯だけに限られていた。三々五々、という感じで、吸いさしのたばこが太い指を焦がしそうになるまで、男たちは会話に没頭している様子だった。冬の寒い日には、目深に帽子をかぶり、みるからに重たそうな外套を着て、広場をうずめた。広場のまわりには路面電車やバスや乗用車がひしめいているというのに、男たちの表情はなにやら真剣で、低い彼らの話し声が、季節はずれの霧みたいに樹々の下によどんだ。

広場は、ミラノの中心街ともいえるヴィットリオ・エマヌエーレ大通りからも、大聖堂からも一〇〇メートルとは離れていなかった。だが、気のせいか広場を埋める男たちは、どこか大通りで見かける気どった服装の紳士たちとは違っていた。また、なにをするにも夫婦同伴が当然の国で、こんなに男ばかりが群れているのも奇妙といえば奇妙な光景だった。いったい、この人たちはなにをしにここにやってくるのだろう。いくら話好きの国民でも、あんなに真剣な表情でいったい昼日中からなにを話し合っているのだろう。ふしぎではあったけれど、家に帰ると夫にたずねるのを忘れてしまった。外国で暮らしていると、わけのわからないことは、それでなくてもあたりに充ちみちていた。

あるとき、なんの用だったか夫とその広場を通りかかると、ちょうど男たちが集まっていた。

あっ、これ、あなたにたずねたかったんだ。そういうと、夫はふしぎそうな顔をした。なにをさ。

この人たち、ここに集まって、いったいなにしてるの。どこから来る人たちなの。

なんだ、そんなことか、という表情で、夫はこともなげにこたえた。商談をしてるんだよ。

商談って？　私には意味がわからなかった。なぜ、大切な商談をこんな広場に突っ立ったましなければならないのか。

取り引とか、そういうことだよ。夫はそういいたすと、停留所のまえの黄色い壁の建物をゆびさした。あれが農業銀行だろ。むかしは大聖堂の広場に集まっていたのを、銀行がこっちに来てから、政治だけがむこうに残った。政党の演説は、いまでもむこうの広場だ。いっぽう、この人たちの大半は、ミラノ近辺の農地の地主だったりして、決まった日に、ここに来て話しあって決めるんだよ。穀物や家畜の値段なんかだ。

それでも、私には納得がいかなかった。どうしてそんな大事な話を、広場なんかで話すの。そうたずねると、夫は考えたこともないことを訊かれた、という顔をした。ぼくらは子供のときから、ずっと見てるから、ちっともふしぎじゃないよ。きみがふしぎがるほうが、ずっとわからないなあ。

六〇年代の終りに、この広場で大勢の死者を出したむごたらしいテロ事件があった。夫が死んでまもないころで、学生運動が出口のない闘争にはまりこんでいった時代でもあった。犯人と目されて逮捕された青年が、訊問をうけているさいちゅうに、五階だったかの窓から落ちて死んだ。するとこんどは、青年が誤って落ちたのか、だれかに突き落されたのか、警察の責任をめぐって右翼と左翼が対立し、たがいにののしりあった。その事件を境に、若者たちは決定的に孤立を深めた。広場に面した安ホテルが、彼らに後押しされた南からの移民やジプシーに占拠され、大きな赤い旗がバルコニーから下がっていたこともあった。

そのころから私は、たとえ都心に出ても、その広場をなるべく通らないようにしたが、やがて路面電車も、もちろん違った理由ではあったけれどその広場を避けて大通りを迂回するようになった。何年か経って、農業銀行の黄色い建物はとりこわされ、かわりに防弾ガラスのはいった、窓の多いモダンなビルが建った。政治集会はあいかわらず、大聖堂のある広場で賑やかに開かれていたけれど、噴水のある広場の木陰に帽子をかぶった男たちが集まることはなくなった。おそらくはミラノが農業の中心として栄えた中世以来ずっと人々がつづけてきた商業の慣習のひとつが、あの事件を境に広場から消えてしまったのではなかったか。もうだれも来なくなった都心のうすぐらい広場の立木の幹には、噴水の水を飲みにくる鳩の糞がべったりとこびりついたままになって、あたり一帯がさびれた。ギリシアのアゴラにも、あんな淋しい時間が流れたのだったろうか。

地図で見るかぎり、ホテルからアゴラへの道順はしごく簡単だった。だが、アクロポリスの崖に焦点をあてて歩きはじめた私は、しばらく行ったところで、じぶんがとんでもない方向にむかっている気分にとらわれた。古代アゴラの近辺には、特徴のある観光客相手のレストランやみやげもの店がひしめいているはずなのに、私が歩いているのは、とりすました十九世紀の建物がどこまでも連なる、無表情で陰気な中流の住宅街だった。こんなところを歩くためにギリシアまで来たんじゃないとあせればあせるほど、アゴラは私から遠のくらしかった。そのうえ、読みなれないギリシア文字で書かれた街路名を読みとるのはひどく時間がかかったし、もってきた地図には、カタカナで道路名が表記されていたから、それを標識に記された文字といちいち合わせるのは、ばかげて骨の折れる作業だった。

これ以上はもう一歩も先に行けない。あきらめてひきかえそうと思ったとき、ずっと探していた「アドリアノウ通り」という標識が目のまえの建物についていた。「アドリアノウ」はたぶん現代ギリシア語で「ハドリアヌス」を意味するのだろう、ハドリアヌス帝が造らせた図書館の壁が残っている通りで、これさえわかれば、アゴラの正面に出るのはやさしかった。地図と自分の歩いている場所とがやっと繋がって、大声をあげたいほどうれしかった。二時間近くも、私は迷いぬいた勘定だった。

長い鉄柵にかこまれたアゴラ跡の柵に沿って私は歩いた。どこかで鉄道の音がした。左手にはアクロポリスが、切りたった崖のうえにかがやいていて、ゆくてには、テセイオンの白い屋根が林のなかに見えかくれしていた。入口は遠くなさそうだった。

すっかり余裕をとりもどした私は、柵と反対側にならんだ、これも観光客相手なのが歴然とした店舗の列に興味をひかれた。このあいだからなんどか食事に出かけたプラカと呼ばれる地区とは異なって、このあたりはほとんどが古着屋だった。ある店はあきらかにパンクふうで、キッチュなTシャツといっしょに、古い自動車の色褪せた絵はがきが店頭のラックにならんでいた。フィアット五〇〇があったら買おう。そう思って、私は一枚、一枚、絵はがきをめくった。テセイオンを忘れたわけではなかったけれど、ついに道順がわかったじぶんを、ささやかに祝ってやりたかった。フィアット五〇〇はすぐにみつかった。濃紺で、色までが私の乗っていたのとおなじだった。夫が死んだあと運転をはじめた私にとっては、はじめての新車だった。まだ新しかったモンブランのトンネルをぬけて、私はフランスに行き、二週間で三〇〇〇キロのかがやかしい旅行を終えた。絵はがきをラックからぬきとって、出てきた若い男に代金を払おうとすると、彼は顔をゆがめて笑った。私もてれくさくて、笑った。アテネまで来てそんなものを買っている私は、たしかにこっけいかもしれなかった。

店を出ると、斜めまえが、動物園の入口みたいな古代アゴラ跡への鉄門だった。だが、大門はぴったりと閉まっている。時計をみるともう十時半だったから、早すぎるわけではなかった。わきの通用門だけが開いていて、ついさっきまで私のすぐまえを歩いていた、大学院生ふうのナップザックを背負った男女が、管理事務所の人らしい若い女性となにやら交渉していた。言葉は聞きとれないのだが、話合いはうまくいってないらしくて、どちらも固い顔をしている。なにやら悪い予感がした。ふたりが出てきたのと入れかえに私が入ろうとすると、アメリカ人らしいさっきの管理人の女性が、私を押しかえすように両手を胸のまえで立てて、だめだめという仕草をする。どうしたんですか、とたずねると、きょうは月曜だから休みよ、あした来てください。

これで二度、私は美しいテセイオンに拒まれたのだった。いや、頑固にこれをテセウスの神殿と呼びつづける私に業を煮やしたほんとうの祭り神、あのひねくれ者のヘパイストスが、私をわざと道に迷わせたのかもしれなかった。その証拠に、帰途はすべてがすんなりといって、私はみやげもの店をのぞいたり、道のあちこちから端正な顔をのぞかせるギリシア猫の相手になったり、絵はがきを買ったり、ずいぶん道草をくったにもかかわらず、三十分後にはホテルに着いていた。行くまでは、二時間もかかったというのに。

翌朝、私は最後のチャンスにかけてみることにした。飛行機が出るのは午後三時だったから、朝食をとり、荷物をまとめる時間をひいても、時間はたっぷりあった。前日迷ったのがうそみたいにみじかい時間で、例の動物園を思わせる入口に到着した。さいわいなことに、見物客はまばらだった。

アテネ市民がここに都市を建てることにしたとき、女神アテナはふたつの贈物を用意したという。ひとつは岩間をほとばしる活きた水で、もうひとつはオリーヴの木だった。アテネ市民はオリーヴをえらびました。だから、アテネは旱魃には苦労しますが、オリーヴはこの街のいたるところに繁っています。樹かげも、たいせつなオリーヴ油も、私たちは女神にもらっているのです。

最初の日、アクロポリスに登ったとき、イタリア語を話すガイドから聞いたその話は、本に出ていた神話とは少々ちがっていたけれど、その程度はしょったほうが、かえって観光客にはうけるのかもしれなかった。

ゆるやかな斜面をおおうオリーヴの林を、私はテセイオンに向って登った。オリーヴにまじって、樫や、ときには月桂樹がひそやかな薫りをあたりにまきちらしていた。幹にとまった茶色い小型の蟬がぎいぎい鳴いていて、私は、幼いころ、赤松の林ですごした長い幸福な時間を思い出した。歩くたびにスニーカーの下で小さくきしむ土も、ふるさとの山とおなじ白さだった。この白っぽい土のうえを、アエスキュロスやソフォクレスやアリストファネスが、じぶんたちの芝居のことを人と話しながら、あるいはピンダロスが抒情詩のあたらしい韻律について思案をめぐらしながら歩いたのかと考えるのは、こめかみがつんと痛くなるほどスリリングだった。でも、ソクラテスやプラトンも、ラファエッロの「アテネの学園」にある重々しいふぜいではなくて、オリーヴの枝を吹きぬける風みたいにここにあらわれ、風のように教えていたのではなかったか。

そのときオリーヴの下枝をとおして、ごつい革のサンダルをはいた、がんじょうな足が見え、人声が聞こえた。サンダルが、私にこの旅を思いつかせた文人のローマ皇帝を連想させた。ギリシア狂い、といわれ、女神アテナに捧げられたアクロポリスに対抗して、ゼウスの神殿を中心とした都市を構想していたといわれる精力的なハドリアヌスは、このあたりをしじゅう行き来していたにちがいないのだが、彼は、いったい、どんな声の持主だったのだろうか。

*

一二三年の夏、エジプトから小アジアにかけての視察旅行を終えようとしていた皇帝は、ビティニアの都ニコメディアに滞在し、旅の疲れをやしなっていた。土地の執政官が官邸に旅の哲学者や学生や詩の愛好者たちを招いて、詩のつどい、といった宴を張って皇帝をなぐさめる。ボスフォロス海峡を渡ってくる風の涼しい夕べだった、とユルスナールは書いている。庭園で、だれかがギリシアの詩人リコフロンの作品を朗唱している。音の組みあわせも、イメージの重ねぐあいも、ひどくエキセントリックで難解な、そしてそのために皇帝がこよなく愛していた詩だった。だが、皇帝の視線は、ひとりはなれたところで、じっとその詩に耳をかたむけている、ひとりの少年のうえにとまる。理解しているのかいないのか、他の学生たちのように筆記用具も持たないで、少年はまるで「名も知らない鳥の啼き声を森の奥でぼんやりと聞いている羊飼い」としかみえない。「みなが帰ったあとも、わたしはその子をそばに置いた」皇帝と、彼に愛された少年アンティノウスは、こうして出会った。

動作の美しい、無知で気まぐれなビティニアの少年を伴って、ハドリアヌスはローマをさして出発する。少年が皇帝のそばを離れることは、もはやないだろう。「私の人生にゆったりと身をよこたえてしまったこの美しい猟犬」

ふたりの旅をきめこまかに追うユルスナールの筆は、彼女にしては稀な、いや、すくなくもこの作品中では稀な、感情の昂揚を伝えてくる。「われわれは」と、このあたりからしばしばハドリアヌスに複数の一人称を用いさせて表現する作者自身のメッセージを、私はまぶしい思いでうけとめる。

皇帝と若者の奔放ともいえる旅の日々は、ときに、マルグリットが生涯の友にえらんだアメリカ女性、グレースに出会ったあとの、そぞろなふたりの旅を思わせる。じぶんが愛した土地をすべて見てほしい。じぶんがどんなふうにその土地を愛したかを、知ってほしい。そんな感情が皇帝をつきうごかし、かつてはマルグリットを駆りたてたにちがいない。

一九三九年、まずマルグリットがグレースをギリシアとイタリアに伴う。秋になると、こんどはグレースが、まだ学籍を置いてあったイェール大学の所在地、コネティカットのニューへイヴンにさそう。さらにふたりは、ニューイングランドに遊び、そこからグレースの出身地である南部の諸州にまで足をのばす。

アメリカで新年をむかえたマルグリットがヨーロッパに帰ると、あとを追うようにグレースがやってくる。カプリに借りた家で、マルグリットはグレースをもてなす。だが、どちらもひと処にじっとはしていられない。カプリで病んだマルグリットが元気になるのを待って、ふたりはパリ、ローザンヌ、ウィーンを経て、チロルでクリスマスを祝う。

ビティニアを出た皇帝の一行は、黒海海岸のシノペで厳しい冬に襲われ、ボスフォロスの渡河に困憊し、ドナウ河の北、サルミゼゲトゥサでようやく春を迎える。ダキアの首都で、現在はルーマニア領である。久方ぶりの都市での設営なのだが、皇帝は休息しない。彼のこころはすでに、彼が愛したギリシアに飛んでいたからだ。

雪をいただくオリュンポス山のふもとでは、水のゆたかなテンペの谷を去り難く、滞在がのびる。だが、皇帝の気持は逸る。一日も早く、少年をアルカディアに伴わなければならない。牧歌の故郷アルカディアこそ、ビティニアの少年の父祖の地なのだ。高貴なアルカディアの土をアンティノウスに踏ませなければならない。

エウボイアの島をユルスナールが「亜麻色の」と形容するのは、もう乾いたヨーロッパの夏が来て草が枯れはじめていたのだろうか。あるいはいずれかの詩の引用なのだろうか。ふたたび秋がくる。「紅葉があたりに黄金の光を放つ」ボイオティアのヘリコン峡谷では「狩猟に興じ、ナルキッソスの泉のほとりに憩う。かたわらにはエロスの御堂があった」。

「穏やかな愛の日々、わが生涯の真夏の日……」

そして皇帝の帰還を待ちわびていた世界の首都ローマで、少年は肩幅のひろい、美しい青年に成長する。三年ローマにとどまったあと、皇帝はふたたび旅に出る。もちろん、気まぐれで美しいアンティノウスが彼によりそっている。

だが、たとえ日々が彼らにとって黄金の夢であっても、孤高にとどまるべく定められたハドリアヌスの性格を、作者ユルスナールは忘れない。読者の心臓を凍らせるような皇帝の述懐が、ふたりの旅のエピソードにさりげなく織りこまれている。

そのひとつは、皇帝がトロイア地方を旅したときのことだ。トロイの王子、ヘクトルの墓にハドリアヌスがもうでるのを見たアンティノウスは、まるで鏡のなかの映像のように、ギリシア軍の将アキレウスの親友でわがままな彼を救うためにいのちを投げだしたパトロクロスの墓にもうでる。それを見た皇帝に、ユルスナールはこんな感慨を託すのだ。「私の供をしている若者が、アキレウスの親友に比肩しうる人間とは、とても考えられなかった」

ふたつ目の棘は、あるときハドリアヌスが催した猛獣狩の夜のエピソードに秘められている。その日、アンティノウスがライオンに襲われ、あわやというところを、皇帝の一撃が青年のいのちを救った。「彼の興奮は妙なる歌のように立ち昇った。彼は、しかし、私が救ってやったことの意味を過大評価していたのではなかったか。狩猟者が危険にさらされていれば、私は、たとえそれがだれであろうと救ったにちがいないことを、彼はたぶん忘れていた」

それでどうしたのよ、あなたは。せっぱつまったような女の声が、オリーヴの枝のむこうから、ちりちりと灼けはじめた空気をつたって聞こえた。フランス語だ。返事はない。枝をすかして見たが、原色のシャツの格子縞がちらちらするだけだ。そんなことといわれて、なんにもいわなかったの。女の声がいいつのった。いったさ、むろん……青年らしい声が返事をした。がっしりとした革のサンダルから私が想像していたのとはほど遠い、早口なかん高い声だった。**Mais oui, je lui ai répondu**……そこで彼らは向きを変えたのだろう、あとは聞きとれなかった。こんな場所を歩きながら、女はいったいなにを男に問いつめていたのだろう。信頼してたのに、裏切られた。そんなふぜいが、彼女のきつい声に読みとれた。

また私は道をまちがえたらしかった。というより、林のなかにはもともと道などなかったのかもしれない。それぞれが、思った道から神殿にたどりつけばよかったのだ。入口で入場券を買って歩きはじめたときからずっとむこうの丘のうえに見えていた神殿が、いまは視界から消え、あかるいオリーヴの林にすっぽり埋もれている。足をとめ、ふりむいて、アクロポリスが左肩のうしろにそそりたっているのを確認する。方角はちゃんと合っているのだが。蟬の声に流されて、もうすこし進んでみよう。オデュッセウスの帆船でなくても、漂うことには慣れている。

まもなく林がとぎれて、行く手に赤土の土手がみえた。人が歩くうちについてしまったような段が土肌にきざまれていて、神殿はそのうえらしかった。おどろいたことに、さっきオリーヴのむこうに見えたシャツのふたりが、むつまじそうに笑いさざめきながら、私のまえを登ってゆく。枝ごしに聞こえた会話の主であるにちがいないのだが、あのときの尖った声からおもわず想像してしまった暗さはどこにもない。しかもデイパックを背負ったふたりのあいだには、プラスチックの揺りかごが、ふたりの歩調につれてゆらゆら揺れているではないか。陽光がまぶしい林のなかで私はいったいなにを考えていたのだろうか。

その日の午後、私たちはアテネから北に飛んだ。その夜はアムステルダムに泊まって、翌日、東京行きの便に乗るはずだった。おそい夕食に出かけた街の運河のほとりには、ネオン色のジャンパーを着て髪をちぢらせた若者たちが、手をつなぎあって、練り歩いていた。地中海は、もう手のとどかない遠くにあった。

ホテルに戻って床についたが、寝つけなかった。目をつぶると、白いテセイオンが朝の太陽をいっぱいにうけてきらめくのだ。テセイオン。神殿をとりまく透明な光に似たその名を、私は大切なもののように口のなかでくりかえした。

赤土の土手を登りつめて、人気のない、白い神殿のまえに立ったとき、私は、一瞬、到達のよろこびとかなしみに押し潰されそうだった。感傷に溺れまいとして、私は神殿のまわりを歩きはじめた。じぶんの歩幅で白い神殿を囲いこむことで、どうにか神殿に立ちむかうことができるかもしれなかった。歩きつづけて、テセイオンをからだぜんたいに滲みこませたい、それ以外にこれをじぶんのものにする手だてはなさそうだった。あるときはゆっくり、あるときは足をはやめて、私は歩いた。乾いた川のように列になって円柱を縦に流れる溝を目で測りながら、あるいは、ほんのぐうぜん、そこを通りかかったもののように見ないふりをして、歩いた。

神殿の周囲を何度目かにまわったとき、ふと、私はそこにいるのが自分ひとりでないような気分におそわれた。だれかが、すぐ近くで、私とおなじように神殿を欲しがっていた。

神殿をとりまくようにして、柔らかい葉をつけた灌木が、一定の間隔を保って植えられてあった。なんの木だろう、と立ちどまって目を凝らすと、うすぐらい茂みのなかに、赤みのある堅そうな緑の柘榴が、ゆるい弧をえがいた柄の先にさがっていた。六、七〇センチほどの低い茂みにしては、不釣合いなほど大きな実だった。そのうえ、どの株にも実があるのではなかった。ある茂みは神殿に愛され、あるものは実を結ばないまま朽ちるのかもしれなかった。柘榴になりたい。とつぜん、そんな考えがうかんで、私を驚かせた。こまかい葉をつけた茂みのひとつになって、私も白い神殿の丘に残りたかった。

眠れないまま、星のような時間が流れた。もうひとつのオリーヴ林が見え、私はローマの郊外にいて、風が薫りたつヴィラ・アドリアーナの遺跡を歩いている。頭上には、ぬけるように青い空があり、地面は白や黄色の小さな野の花におおわれていた。

五月の空があまり晴れていて思考までが青く染まってしまったのか、順路の表示がいかにも混沌としていたせいか、あるいは私が持っていった、改訂版と大仰に記されたイタリア語の重いガイドブックが古かったのか、いや、たぶんそのすべてのせいだったろう、入口をはいって一〇〇メートルも行かないうちに、私は順路の感覚を失っていた。もともと、このハドリアヌス帝の遺跡に、たいした期待をよせていたのではなかった。鳥の声が聞こえて、澄んだ空気があれば、それでいい、くらいの気持で出かけたのだった。無知な見物人に愛想をつかしたのか、遺跡のほうも口をつぐんで、語りかけてはくれなかった。

オリーヴの林をぬけたところに、高い煉瓦の塀があって大きな長方形の池が水をたたえていた。塀と思ったのは、アテネの建造物を模した、散策のための柱廊の壁の一部、なのだった。晴れた日のためと、雨の日のためと、二重の柱廊が池をとりまいていたという。どうしてそこに池がなければならないのかは、わからなかったが、長雨のすくないローマの別荘で、わざわざ雨の日の道をもうけるのは、いかにも虚構を愛した皇帝らしかった。

また、オリーヴの林があって、赤いケシがいちめんに咲く草地があった。ものうい廃墟の時間が私のなかを流れはじめたのは、ようやくそのあたりからだった。いくつかの土手を登り、中庭、と表示のある台地を過ぎ、哲学者の間、夏の食堂、日光浴の間、冷水浴場と、それぞれの名称の奇抜さに驚かされながら、いくつかの廃墟を通りぬけるうちに、皇帝の現実とユルスナールの虚構が私のなかで醱酵しはじめ、巨大なこの離宮の建設をこころざし、完成にみちびいたハドリアヌスの物語に私はゆっくりと誘いこまれていった。上の庭園、競技場の庭園、水の庭園。どの名も皇帝の日々の新鮮さを失っていなかった。西の見晴らし台は、かつて「従順な猟犬のように」しなやかなアンティノウスを従えた皇帝が、ローマ平野のむこうに沈む赤い大きな太陽を眺めるためだったのか。もしかしたら、これも皇帝みずからがその再建にたずさわった諸神を祀る骨太なパンテオンの黒い輪郭が、夕焼ける西の空にくっきりと望めたのではなかったか。なにもかもが、未知の音階でつくられた音楽のように私を酔わせ、陽気な夢遊病者のように、あるいは大陸に帰るのを忘れてしまった季節の鳥のように、廃墟から廃墟へ私をさまよわせた。

崩れかかったいくつかのアーチをくぐり、城砦を思わせる壁を越えたとき、私は環状の柱廊にかこまれた、まるで舞台装置のような空間に立っていた。柱廊の内側には、それをなぞるかたちでやはり環状に掘られた掘割が水をたたえ、中央には、これもかつては円柱にかこまれていたらしい人工の「島」が造られてあった。案内書を読むまでもなく、これが何世紀ものあいだ「海の劇場」と誤って称され、近年、のちの研究者たちが「島の離宮」と呼びなおすことにした、有名な建造物の跡にちがいなかった。太陽が水面にきらめいて、壁のうしろから皇帝のしわぶきが聞こえてきそうだった。浮き御堂、という日本の古い言葉がふと記憶にもどった。

生まれてまもないおまえを抱いて、琵琶湖に連れていったのよ、と母に聞いたことがある。水を渡ってくる風がまだ寒くて、いやだったわ。赤ん坊に風邪をひかせるかと思って。パパがどうしても出かけるって、きかなかったのよ。浮き御堂を私に見せたいなんて、お乳の時間でまだ、ゆっくり夜も寝られない時期だったのに。わがままで、ひとりよがりで、思い立つと待てない父らしい話だった。そのうえ、母のおなかにはもう妹がいたはずだ。母が他界したいまも、列車で車で琵琶湖のそばを通るたびに、私は、寒い風にあたらせまいと、しっかり私を抱きしめている母のたよりないすがたが記憶に戻る。

環状の柱廊から「島」に渡るために、皇帝は取り外し可能の木の橋を設計したという。橋さえはずせば、島は二メートル足らずの水面をへだてて、完全な孤立を確保する。「劇場」であったという伝説を退けた研究者たちは、この蠱惑にみちた空間の用途についてこんな結論を出した。

「島」の建物は、晩年とみに気むずかしくなったハドリアヌスがひとりになりたいとき、あるいはごく親しい友人と緊密な時間をわかちあいたいとき、さらに、読書に没頭したいとき、この橋を渡って、「島」に閉じこもったのではないかというのである。「島」には、皇帝だけのためと考えられる図書室もあるし、ボイラーをそなえた床暖房つきの温水浴場もある。しかし、召使の控え室に通じる階段は存在しても、彼らが長時間、「島」にとどまれるような設備はどこにも見あたらないという。「島」は、えらばれた孤独の形象化に他ならないのだと。

なんという発想の、なんという力づよい具現だろう。だが、皇帝がこの離宮の生活を愉しむことができたのは、彼が最後の旅からローマに帰還したあとの数年にすぎない。しかもその旅で、彼はアンティノウスを失っている。ナイル河畔の、カノプスという小都市での出来事であったとユルスナールは古書の設定をうけついで、皇帝の身にせまる危険が見えると土地の女占い師にそそのかされるまま、青年は皇帝のためにみずからの肉体を犠牲として捧げたのではないかと推測する。美しい青年の屍体が水底によこたわるのを見たとき、皇帝のなかでながい黄金の時代が終焉をつげた。だが、打ちのめされた皇帝について、ユルスナールは多くのページを割くことをみずからに禁じる。精神の衰弱をさらけだす皇帝は、彼女の趣味にそぐわない。

柱廊の水辺で私は、ずっと以前になんども読み返したことのある、ウンガレッティの象徴詩「島」のことを考えていた。

「永劫の夕暮につつまれた／太古の森の恍惚の水辺に」

最初の一行目からはやばやと読者を謎にさそいこむこの詩は、ウンガレッティの第二期を代表する作品で、エルメティスモと名づけられた一九三〇年代にイタリアを風靡した詩法の先駆的な作品のひとつに数えられている。この詩が死と再生を暗示しているのは明白で、いったん水辺に降りた主人公は、やがて上昇をとげ、オリーヴの木の下にたむろする黒い瞳の乙女たちに出会って、羊のまどろむ草地に至る。

作者自身が後年、詩集の巻末に付した、大ざっぱな補注のなかで、詩人は、背景はティヴォリ、と規定している。そのことから、すくなくとも、詩の前半は、ヴィラ・アドリアーナに隣接する滝と噴水の仕掛けを縦横に駆使した、贅沢で奇怪な十六世紀のバロック庭園、エステ家の離宮に想を得たものであることは確実だ。だが後半の、救済あるいは再生を暗示する部分の解釈に、私はながいこと手こずっていた。オリーヴの木も、羊の群れもないエステ庭園にはつながらないし、草地の存在する空間も、人工的に統御しつくされたエステ離宮には存在しえないからだ。そのうえ、「島」というタイトルがどこからもってこられたのか、エステ庭園にかんするかぎり、私には理解できなかった。

「どうして『島』なのか。それは私自身が孤独になる場であり、私がひとりになれる場だからだ。世間から隔離された場でもある。現実にそうだというのではなく、私の精神の状態のなかで、自分が世間から隔離されても大丈夫ということだ」そんな意味のことを、ウンガレッティは、この詩集の解説で述べている。

それにしても、日常からすでに隔絶されたはずの離宮の胎内の、もうひとつの人工的な「島」に閉じこもった皇帝は、外界から切り離されたようなマウント・デザート島の、閉ざされた宇宙を思わせる白い小さな家で作品を書いていたユルスナールを想起させはしないか。若い日に父親とおとずれた、ハドリアヌスの「島」が、晩年の彼女の記憶にもどることはなかったのか。

オリーヴの下枝をふたたびかきわけ、エメラルドの草地をぬけると、展望台だった。眼下には、アンティノウスが溺死したと伝えられるナイル河畔の都市カノプスをなぞらえた、大理石でかこわれた緑の水辺がひろがり、白い神殿に似た白鳥が二羽、餌をあさっていた。

もうそろそろ夜が明ける時間だった。ドアの外でモーニングサービスをとどけるワゴンの音がひびきはじめた。

黒い廃墟

真夏のローマによくある、ひんやりと湿気をふくんだ空気が昼間の太陽にほてった肌にこころよい夜だった。木枠に蔦をからませてあずまやのようにしつらえたテラスで、冷えた白ワインのグラスをかたむけながら、彼らは、はてしなくつづく会話を愉しんでいた。話題は、あいもかわらず埒のあかない政権争い、その年の文学賞の予想、映画の話、旅行、そしてトリノやミラノ、ナポリなどにちらばった共通の友人やいとこたちの近況から、それぞれの土地のうわさに脱線し、また政治にもどった。だが、その夜、私はうわの空だった。たったいま、思いがけなく見てしまったテラスの下の暗い風景に気もそぞろだったからだ。

夕食のあと、友人のアンナが迎えに来てくれるから、とその日の朝、フィロメーナがいった。あのひとの車で、いとこのリーノ・Mのところに行くことになってるの。あなたも来てくれるわね。彼、きっとよろこぶわ。日本のことなんかも聞きたいだろうし。

数日まえから、私は、二十年来の友人で弁護士をしているフィロメーナの家に泊まっていた。

昼間はじぶんの用で出あるいたけれど、夕食後のプログラムは彼女にまかせてあった。新聞の文芸欄などによく書いている評論家のMが、フィロメーナのいとこだとはその日まで知らなかったのだが、半分は〈日本から来ている友人〉である私をよろこばせたい、あとの半分はこの〈珍客〉を見せびらかしたい彼女の気持が、長年のつきあいでよくわかっていたし、七月の夜、それも食事をすませてからの時間なら、たとえ知らない人の家でも、仕事を離れた解放感のなかで、案外ゆっくり会話を愉しめるかもしれなかった。

サラリア街道の近くだからすぐわかるといわれて出かけたにもかかわらず、行ってみると思いのほか道路が入りくんでいて、かなり迷ったすえ、私たちがその家についたのは、もう十時ちかくではなかったか。五階か六階だったろうか、ドアのベルを押すとリーノが迎えいれてくれた。年齢はそろそろ五十に手のとどくあたりだろうか、フィロメーナよりはかなり年下にみえ、知識人らしい、しずかな物腰のなかにも鋭さが光って好感がもてた。家族は、避暑にでも行って留守なのか、ひろびろとしたアパートメントはひっそりとしていた。

なかにいるよりも気持がいいからと、私たちは玄関からそのまま、重厚な家具のおかれた食堂を通りぬけ、籐のテーブルのまわりに椅子をならべたテラスに通された。フィロメーナはむろんのこと、この家の主人であるリーノとは初対面のアンナでさえ、ほどなくなめらかな会話の流れに乗りおおせたのに、テーブルをかこむように茂らせた蔦のせいだったか、あるいは照明が暗すぎたのか、それとも、はじめての家で私が緊張していただけなのか、しばらくのあいだ、私はうっそりとすわって、みなの話に耳をかたむけるだけだった。

だんだんと話に熱が入り、だれかが口にした奇抜なコメントに一同がわっと笑った、その高笑いに私がおもわず首をすくめると、心配ないよ、というようにリーノがいった。この季節だから、もう、どの部屋もからっぽだよ。うん、それはわかるけれど、とそれでも私は近所の窓が気になって、あたりを窺ったときだった。からんだ蔦のあいだかち、なにやら巨大な建物の影が暗い風景のなかにちらりと見えたように思え、なんだろう、ともういちど腰を浮かせて覗いた私は、息をのんだ。その辺の野原を歩いていたのが、いきなり幕が上がって、意匠をこらした舞台が目のまえにひらけたみたいだった。なんでもない闇と思っていたものが、なにか想像を絶するものを包みこんでいる。目をあけてもあけても対象がはっきりと摑めない夢のなかのように、影のような風景を見さだめようとして、私はおもわず立ち上がっていた。

腰高なテラスのふちから下をのぞくと、そこには宏壮なイタリア式庭園がひろがっていて、その一隅には、城館といったおもむきの古風な建築物が、そこだけ闇を凝縮したように黒々と横たわっていたのだ。それなりの由緒ある建物にちがいないのだけれど、私が驚いたのは、思いがけなく目のまえにひらけた眺望のためだけではなかった。どういうことなのだろう、その影のような建物のどこにも、明りらしいものがひとつも見あたらないばかりか、建物ぜんたいが、なにかとりかえしのつかない荒廃の印象に覆われている。廃墟、ということばが、たよりない気泡のようにあたまに浮かんで、すぐに消えた。そんなはずはない。廃墟とよぶには建物の様式が新しすぎたし、だいいち、ローマの町中のこんな場所に、いったい、どんな廃墟があるというのか。

ヴィラ・アルバーニでしょう？　私の小さな叫び声につられて席を立ってきたフィロメーナがいった。いまは、たしか、トルロニア公爵家のものだったかしら。この辺りにあるとは聞いていたけど、リーノ、まさかあなたの家のテラスからこんなにすばらしい眺望があるなんて、想像もしてなかったわ。

きみに話してなかったかなあ。私たちの熱気にはいっこう乗ってこない低い声のまま、リーノがこたえた。この家が気にいったのは、まさにこの眺めのためだったけれど、いったん慣れてしまうと、わざわざテラスに出て眺めることもないんだな。

そんなものかしらねえ。フィロメーナが拍子ぬけした声を出して、席にもどった。それにしても、と私はふしぎだった。ここに来るまでずいぶん道に迷ったのに、たとえば塀とか、庭園の一部とか、この〈領地〉の存在を匂わせるようなものがどこにもなかったのは、いったいどういうことだろう。そればかりか、ヴィラ・アルバーニという名を耳にしたことはあっても、単にローマの街路名のひとつとしての話で、この建物の正確なありかはこれまで知らなかったし、ましてやその沿革についてなど、私にはなんの知識もなかった。こんなところに、こんな由緒ありげな建物が、ちっちゃい子に厭きられたおもちゃみたいに置きすてられている。

だれも住んでないの？　フィロメーナがたずねた。黒い影のような城館のたたずまいに、彼女も好奇心をあおられたらしかった。彼女の質問には直接こたえないで、リーノがいった。なんにしても、いまどき、これだけの建物を維持するのは、ひどく金のかかることらしいよ。いくらトルロニア公爵家だって、厖大な管理費が重荷でないわけがない。もっとも、庭園も建物も、荒れるにまかせてあるという噂もあるけれどね。

政府がめんどうをみるべきなのよ。こういうときには弁護士らしく、かならず一言あるフィロメーナが、そのときもたちまち反応した。十八世紀のローマとしてはすぐれた建築だし、歴史的な意味だってあるわ。それに、と彼女は歴史の内情にうとい私のほうを向いていった。イタリア統一のとき、ここで、当時の教皇が降伏の調印をしたのよ。トルロニア家は、代々ヴァチカン系の貴族だから、場所を貸したわけね。

政府が、歴史が、ということばで、話題はまたもや政治に移り、みんなが元気をとりもどすと、まるで大きな蛾が部屋に飛びこんできた、ああ、出ていった、というほどの軽さで私のヴィラ・アルバーニは忘れ去られた。ひとしきり政治が論じられたあと、話は、もうそれがなんだったか思い出せない話題につぎつぎ飛んで、おしゃべりは夜更けまでつづいた。でも、その夜、テラスの下からふいに立ち昇ってきたような〈廃墟〉の印象が私は気がかりで、みなの話にはとうとう乗れなかった。

あの夜、リーノの家のテラスから見たヴィラ・アルバーニが、十八世紀のイタリアが生んだ奇才、ジョヴァン・バッティスタ・ピラネージによるエッチング、《ローマの景観》シリーズにあるのを私がぐうぜんみつけたのは、それから何年かあとのことだった。ある日、ユルスナールの作品『ピラネージの黒い脳髄』の日本語版のページを繰っていて、その図版に出会ったとき、フィロメーナたちとすごした涼しいローマの夜の肌ざわりといっしょに、奥ゆきの知れない洞穴のような怪しさを発散するようなあの〈廃墟〉の印象がよみがえり、記憶が図版のうえを蝙蝠のようにハタハタとさまよった。

ピラネージのエッチングのなかでも《ローマの景観》シリーズは、現在なら名所のどこにでも売っている絵はがきやカラースライドのように、当時、旅行者向けの商品として量産されたという。もっと一般に知られた彼の傑作《幻想の牢獄》シリーズや、マニエリスティックというのか、ほとんどマニアックなところさえある《古代ローマの遺跡》シリーズにくらべて、これら《景観シリーズ》は、「トレヴィの泉」にしても、「パンテオン」にしても、モニュメントのデッサンに関するかぎり、大きく現実を逸脱しているようには見えず、したがって他のピラネージ作品にくらべて、常識的な構図が目立っている。だが、ここにもちゃんと彼らしい仕掛けがほどこされていて、注意して見ると、画面のあちこちに、その細部の多くは拡大鏡のたすけを借りなければ識別しにくいような大きさの、ユルスナールが「虫けら」とか「鬼火」のようなと形容する、世にも奇怪な人物群が配置されているのだ。ひとりひとりが常軌を逸したすがたのこれらの群衆は、まるで、一度は作者が精魂をかたむけた建物のデッサンをみずからあざ嗤っているようにさえみえるのだが、ユルスナールはそれについて、当時のイタリアでさかんだった大衆的な人形芝居への関連をも織りこんで、こんなふうに書いている。

「もうひとつ、《景観》シリーズについてだが、拡大鏡を手に、ローマの廃墟や路傍で、手をあげたり身をよじったりしている矮小な人間どもに目をむけてみよう。籠を手にした良家の婦女、剣を腰に、フランス好みの服をまとった紳士たちは、なんのことはない、fantoccini, burattini あるいは puppi で、いうなれば木や布でこしらえた操り人形なのである」

だが、建物の完成とほぼ同時代に描かれた「ヴィラ・アルバーニ」の図にかぎっていうと、事情は少々ちがうようだ。ユルスナールのいう「良家の婦女」や「紳士たち」は、中央の建物に沿った庭園にぽつぽつ配されているだけで、まだ工事がすっかり終っていない様子の、塀の外側にあたる部分だけが、ねじくれた裸体を人目にさらす「虫けらども」に占拠されている。すなわち、画面は、明暗ふたつの世界に、ほぼ七対一の割合にきっちり区切られていて、なかでも、中心から右によった部分が目をそばだたせる。そこには、不規則な多角形をした暗い穴（ダンテの奈落を連想せずにはいられないその辺りだけ、「塀」の内側の平穏が裸形の男たちに破られているのだが）が掘られ、穴の中央には、水をたたえた円形の水盤がある。そして、水盤のまた中央には、T字形の細い柱が立っていて、ふたりの、やはり裸体の男の、もし私の見まちがいでなければ、屍体、が吊されている。

すでに多くの専門家が研究をつづけてきたにちがいないこの絵についての学問的な解明を、いまここで試みるつもりはない。私が興味をそそられたのは、リーノの家のテラスですごしたあの夜、この建物の沿革についてはほとんど無知なまま、まるで二百年まえからの地下通信のように私にとどけられた〈廃墟〉の印象が、いったいなにを意味するのかについてだった。

ながいあいだ、私は、〈廃墟〉というものにあまり関心を覚えることがなかったように思う。乱暴ないい方をすれば、廃墟がまだ〈生きていた〉時代が、じぶんにとってあまり遠いところにあったものだから、興味をもてなかったのかもしれない。〈廃墟〉に時間をとられるなんて、とさえ一方的に決めつけ、これに情熱をもやす人たちに対してまで、私は反発していた。古代と対峙することを、あたまのどこかで恐れていたのかもしれない。

時がすぎて、〈廃墟〉になぐさめを得ているじぶんに気づいたのは、比較的最近のことだ。

それは、あるとき、古代についての本を読んでいて、廃墟は、もしかしたら、物質の廃頽によってひきおこされた空虚な終末などではないかもしれない、と考えたことがきっかけだった。それにつづいて、人も物も、〈生身〉であることをやめ、記憶の領域にその実在を移したときに、はじめてひとつの完結性を獲得するのではないかという考えが、小さな実生《みしょう》のように芽ばえた。かつては劣化の危険にさらされていた物体が、別な生命への移行をなしとげてあたらしい〈物体〉に変身したもの、それが廃墟かもしれない。そう考えると、私はなぐさめられた。

廃墟はまた、人びとが歩いてきた、そして現に歩いている、内面の地図のようにも思えた。迷路に似た廃墟の道をたどりながら、私たちは死んでしまった人たちの内面をなぞったり、あるいはまだ生きているじぶんの内面に照合したりすることができた。そう考えてくると、なにも幼稚園の遠足みたいなよそよそしさで廃墟を歩くことはなかった。廃墟は私たちの内面そのものであり得たかもしれないのだから。

幻視者ピラネージが「ヴィラ・アルバーニ」をふくむ銅版画シリーズ《ローマの景観》に、奇怪な「虫けらども」を配したとき、——ヴィラ・アルバーニも、トレヴィの泉も、作者が彼の〈同時代の、あたらしい〉ローマ風景として描写していることに、最初、私は気づいていなかった——もしかしたら、彼は、だれの目にもその時点で壮麗と映っていた建物やモニュメントを、ひとり〈廃墟〉の側から見ていたのではなかったか。画面にうごめく「鬼火」のような人物群は、まがうことなく人類の現実を示してもいたし、さらに私たちが犯した罪の記録であるようにもみえた。

ピラネージという〈建築家〉の存在を私が知ったのは、彼について書かれたユルスナールの本を読むずっと以前のことで、ミラノで暮らしはじめた六〇年代の初頭、私たちが結婚して住むことになった家のすぐうしろの街路の名が、ピラネージ通りだったという、ごく日常的なきっかけだった。家は、ドゥオモのある都心から路面電車でほんの十五分ほどの距離にあったが、三十年まえの、まだ郊外が開発されていなかったころのミラノでは、それは、もうすこしで街はずれになるというぎりぎりの区画だった。そのあたりでは、したがって、街路名までもがどこか貧相で、趣きがなく、トスカーナの地名がついた大通りのつづきが、十字路をすぎたとたんに南のナポリ地方の州名に変っていたり、そうかと思うと、第二次世界大戦中、ナチの犠牲になって死んだポーランド人の神父の名をつけた細い道があるすぐ近くには、ヴェネツィアの有名な十八世紀の風俗画家の名が唐突についていたりした。いずれも〈歴史的都心〉とよばれる界隈とはちがって、ミラノの歴史や伝統とは縁のうすい、どこやらゆきあたりばったりに命名されたという印象はぬぐいきれなかった。

通りとしても、ピラネージ通りはこれといって特徴のない街路で、両側の家の多くは戦後に建ったらしい個性のない中流の共同住宅や事務所用の建物ばかり、歩道に植えてあったアカシアもどきの、だがこれは秋に薄黄色の花をひそやかに散らすロビニアの並木までが、たとえば私たちの家のまえの、ふさふさと緑の葉を風に揺らせるプラタナスの並木にくらべると、どこか貧しげで淋しそうだった。結婚してまもないころのある日、地図をみていてピラネージという通りの名に気づいた私は、夕食のとき夫にいった。ピラネージなんて、ピラニアみたいで、なんだか変な名よねえ。

有名な十八世紀の銅版画家だよ、知らないかなあ。夫はあきれ顔でなにやらつぶやいていたけれど、数日後、勤めていた書店から、そおっと見てよ、売り物なんだから、と重たそうな画集を持ってきた。それが私とピラネージ作品の最初の出会いになったのだが、表題もおぼえていないその本が、どこで出版された、どういうすじあいのものだったのか、いまは調べようもないが、もしかしたら、ピラネージだけのモノグラフィーでさえなかったような気もするくらい記憶はあいまいだ。それでも、私は、そのなかにあった何枚かの《幻想の牢獄》の図版に、声も出ないほど圧倒され、魅了されたのである。

どういう絵なの、これはいったい、と私はよこで本を読んでいた夫にたずねた。幻想の牢獄って書いてあるけれど、ピラネージっていう人は、ひとりでこんなものを想像してかいたの？

《幻想の牢獄》シリーズは、やがてローマで名声を得ることになるピラネージが、まだ故郷のヴェネツィアで勉強していた二十代のはじめ、あるとき高熱を発して譫妄状態におちいり、その経験をもとに制作したと伝えられていて、この手の作品が好評だったところから、後年、ローマで手を加えて出版したことなどを、その夜、私は夫から聞いた。なかでも、〈建築家〉と自負をもって称しながら、生涯、ほんものの建築をまかされることが（ローマのアヴェンティーノの丘の小さな教会サンタ・マリア・デル・プリオラートのファサードとその前庭の改築をのぞいては）なかったという、皮肉とも、しょせんは虚構にとりつかれた人間の運命ともとれる逸話が、《牢獄》シリーズの暗い印象とともに記憶に残った。

その日を境に、私たちの家の裏手のほんとうになんでもない通りが、私にとってまったくあたらしい意味をもつようになったのはいうまでもない。どこに出るという道ではなかったから、そこを通ることもたまにしかなかったのだけれど、あの本で見た絵の作者の名がついている、というだけで、その道に一目おいていいような気がした。

三十年まえ、夫におしえられて見たピラネージの《幻想の牢獄》にあれほどの感動をうけたのは、しかし、これをバロック芸術が到達したひとつの頂点として理解したからでは、なかったような気がする。美術史的な鑑賞よりも、むしろ、私はあの石の量感を内に秘め、同時に惜しげもなくそれを四方にむけて発散する暗い大きさに、いいようのない親近感をおぼえたし、また、断片であることに固執するような切れぎれの線の流れとそれらの交錯が、まるでずっとむかしから、じぶんのなかのなにかが求めていたものに思えて、そのことに驚いたのだった。細くとぎすまされた純粋な知性の産物というのではない。それどころか、そういったもののほとんど対極に位置する、〈肉を伴った〉とでもいうのか、たとえば人間の深みや大きさ、すなわち、イタリアという国の人たちがしばしばみせかけの表層の裏側にひそかに抱えている、真実や愛情の重さのようなものを、私はそこに読みとったのではなかったか。

それだけではない。《幻想の牢獄》は、また、十八世紀という、屈折したヨーロッパの一時代をあざやかに切りとってみせているようでもあった。澁澤龍彦は、評論集『胡桃の中の世界』のなかで、ピラネージがルソー、ディドロ、カザノヴァらの同時代人であったこと、その一世代あとには、『カプリチョス』のゴヤ、『ローマ哀歌』のゲーテ、『ジュスティーヌ』のサド、『犯罪と刑罰』のベッカリアらがひかえていたことに言及したあと、つぎのように述べている。

「おそらく、これらの十八世紀人の一様に呼び起す暗い印象から、ピラネージがなぜ《牢獄》シリーズを描かねばならなかったかということの一端が読みとれるだろう。『人工的でありながら不吉な現実世界、密室恐怖症的でありながら誇大妄想狂的な世界』とユルスナール女史は書いたが、この表現はそのままサドの世界にも当てはまるのではないか」

しかし、《幻想の牢獄》に関するかぎり、シリーズのすべてがそうというのではなくても、十八世紀ヨーロッパの文人たちを一様に包みこんでいた、そして《ローマの景観》や《遺跡》や古代の装飾模様の復元図などのピラネージにみられる、あの暗さは、ここではまだ彼の芸術を呑みつくすまでにはいたっていない。空間は、たしかに闇と得体のしれない圧迫感、精神の混沌におびやかされているのだが、それにもかかわらず、いずれかの高みから降りそそぐ光が、たしかにほのめかされている。二十代の作品を支える、それは、若さにすぎないのか。あるいは、こちらの批評眼の欠落に帰すべきなのか。ピラネージが私たちに突きつけている一見、幾何学的な迷宮が、純粋の産物であるようには、すくなくともいまの私にはちょっと考えられないのだが。

ユルスナールも《幻想の牢獄》を、知性の領域だけにとじこめようとはしない。

「(《幻想の牢獄》は)ゴヤの《黒い絵》のシリーズとともに、十八世紀の人間がわたしたちに遺してくれた、もっとも内面的な深みにかかわる作品だ。(「おお、人間たちよ、わたしはうつくしい。石の夢のように」という、『悪の華』にある)ボードレールの文言にもっと具体的な意味を付していえば、これは石の夢だ。見事に切り出され、人間の手でそれぞれの場所に置かれた石が、《牢獄》をつくりあげている、ただひとつの素材だ……」

石が、人間の頭脳と手を経て〈素材〉に用いられることが、《牢獄》にとっての救いになる、と彼女はいっているのではないか。

石だけでもじゅうぶん圧倒されるのに、この並はずれた内部空間は、もっといろいろな不可解さをやどしている。どこからか降りてきて、またそれがなにを意味するかはよくわからないまま、もういちど高みにむかって上昇する階段、ほとんど必然性のない場所につくられた、長さも形もばらばらな石の欄干、これらが描く直線と、ときには複数の滑車から垂れさがった索条や厚ぼったいアーチの曲線が異様な交錯をくりかえす。その執拗さはほとんど目まいをおぼえるほどで、それにさらされることはむしろ、意味ありげに絵のなかに置かれた責め具そのものよりも、よほどおそろしい拷問ではないかと思われるのだった。

だが、幻想ということばにまどわされて、そのすべてを〈架空〉と決めつけてはならないだろう。ピラネージの《幻想の牢獄》の空間は、建築の伝統をまったく異にする私たちの目に映るほどには奇異なものではないかもしれないのではないか。そう考えついたのは、ある文学史に出ていた一枚の写真を見たときだった。それは、現在、国立美術学校と図書館につかわれている、ミラノのパラッツォ・ブレーラの一隅をちょっと変ったアングル、すなわち、一階の階段の裏のような場所から上向きに撮ったもので、そこに展開されている階段と何層かのアーチがみせる複雑な交差の、階段の下のすこし離れたところに見えるもうひとつの階段室、しかもそのどれもが断片的で完結していないという、構図の奇妙さから、私はピラネージの作品を連想して、胸をつかれたのだった。古典主義をさえ遵守することはもうできなくて、混乱し反復をくりかえすこの時代の風潮に読みとれる、絶望に似た悲しみが、確実に彼の時代を映したものであり、同時に、世紀末に疲れた現代のそれに、あまりにも似ていたからだ。

もうひとつ、たった一年たらずまえのことなのだが、陽光にみちた初夏の日に、ローマで、あの暗いハドリアヌス帝の墓廟をおとずれたとき、私がつよい印象をうけたものにかかわっている。地下の螺旋階段を三十分ちかくも登っていって、まもなく、後世には教皇たちが政治犯を幽閉する牢獄に使ったともされる、小さな〈広場〉にさしかかったときのことだった。暗い空間をぼんやりと照らしている光に気づいて上を見ると、頭上に覆いかぶさるようにして、〈吊り灯火〉、厚いクリスタルの火屋に覆われた、それこそ妄想の産物としか思えない巨大な寸法の角灯が、これも気の遠くなりそうに高い、暗黒の天井から、長い（とそのときは思われた）鉄の鎖で吊りさげられていたのだった。鎖のひとつひとつが並はずれた大きさであるうえに、厚い濁ったクリスタル、そして、いまはたぶん電球がはいっている、ぼんやりした光をあたりに放つ照明。原始の闇を歩く気分でひとり地下の道を登ってきた私は、その灯火のあまりの〈西洋っぽさ〉に、驚いたのだった。いつのころから、こんなものを、この人たちは使っていたのか。電灯がなかったころは、油が使われていたのか。ここに角灯が吊されたのは、それにしても、いつの時代だったのか。しかも、あきれたことに、角灯のとほうもない大きさが、その下に立った私を、（まるでピラネージの虫けらのように）微小な存在と感じさせていたのだ。

私の驚きは、しかし、つぎに来るものの前兆でしかなかった。ハドリアヌスの墓廟で出会ったあの角灯に酷似した灯火を、たった数か月後に、ピラネージの《牢獄》に見つけたのだ。たとえば、《牢獄》第四（第二版）の、そして特に、第十三（第二版）に描かれたものと、ハドリアヌス帝の墳墓の螺旋階段で私が見たものとは、ほとんど同一の造りであるということ。ピラネージが、あのブレラの階段下とおなじように、同時代の建築の細部をそのままとりいれている事実は、建築史にはまったくの門外漢の私にとっても、納得できることに思えた。

さいごにもうひとつ、書きとめておきたいことがある。《幻想の牢獄》が忘れられない印象を私たちのなかに刻みつけるのは、ピラネージが罪人を幽閉する牢獄を描いているのにもかかわらず、それが同時に、罪人たちだけでなく、私たちすべてがこれまでに犯した、あるいはこれから犯すかもしれない犯罪の、秘められた内面の地図であるかのように見えるからではないだろうか。そこでは、人間のあらゆる欲望が、反復されるアーチや階段や拷問具によって、いちどは解放されながら、たちまち抑圧されるから、たましいは、おそろしい矛盾を苦しむことになる。

《幻想の牢獄》をユルスナールは、夢との関連において捉えようとする。

「なによりも、これは、夢につながっている。そして、夢を知りつくしている人間なら、ここに見られる時間の否定、空間のずれ、肉体の浮遊の暗示、そして、不可能を手なずけ、あるいは恐怖の克服からくる陶酔、幻視者の仕事を外部から分析するものには理解しにくい、恐怖とすれすれの恍惚感、夢のなかの相手や人物たちとの可視的な接触の欠如、そして、不可避で不可欠な美など、夢幻境といわれるものにそなわる特徴のほとんどを、これらの図にみとめずにはいないだろう」

「時間の否定、空間のずれ、肉体の浮遊の暗示……」

ユルスナールがたどりついた〈夢〉という解釈の領域から、私はさらに、潮風に濡れたつめたい霧のヴェネツィアへと、ピラネージの世界を漂いさかのぼる。

冬の夜、あのおそい時間に私がひとり宿を出て大運河の船着場まで行こうとしたのには、どんな理由があったのか。数年まえ、ヴェネツィアに寄り道をしたときのことだ。あすは島を離れるという夜だったから、ただ、名残りを惜しみたかっただけかもしれない。宿から大運河までの細く暗い道を歩いていて、私は、路面が黒く濡れているのに気づいた。空には星がきらめいているというのに、雨が降ったのだろうか。それが、海から風がはこんできた湿気だとわかったのは、しばらくしてからで、じっさいには、架けてまもなく石造りの〈ほんもの〉と換えられるはずだった、それにしては繊細な構造があまりにも美しい、あのアカデミアの橋のたちとでだった。魔法のコビトたちが夜中に人しれずマッチ棒で組み立てたかにみえる、イタリアの都市にしてはほんとうにめずらしい木造の橋だ。湿気にこれも黒ずんだ橋材の表面に、なにやら白く燦めくものが目にとまって、私はおもわず指をのばして木の表面をこすっていた。ざらざらした感触。それは、つめたい海の風が残していった塩の結晶で、空の星のまたたきに呼応するように、暗い水辺で弱い光を放ちながら、数しれない恍惚を演出して、あっというまに私を包みこみ、たましいが漂った。

黒く澱んだ水面に映る影たち。暗い藻が波に揺れる運河にかこまれて、都市のふりをした島、ヴェネツィア。はっきりと到達点が示されないまま、断片的で迷路じみた、幅のせまい石畳の街路。この島がもっともいきいきとするのは人びとが夢をみる夜、木の橋が、小さな塩の結晶で夜のよそおいをする時間なのだ。

「人工的でありながら不吉な現実世界」とユルスナールはピラネージの世界を形容する。そしてまた、「密室恐怖症的でありながら誇大妄想狂的な世界」とも。これらは、驚異的な〈芸術家〉ピラネージが、歴史と絵画と建築の修行をつんだ、どこか「不吉な」ヴェネツィアにまず呼応し、つぎには、かつてカエサルたちの天才と狂気が夜、天空を駆けめぐり、教皇たちの欲望が牢獄を「虫けらども」で満たした、あの途方もない都ローマに、なんとぴったり重なることだろう。

死んだ子供の肖像

その絵のまえを行きすぎようとして、あ、と思った。閉館まであまり時間の余裕はなかったから、気がせいていた。まず、はじめから終りまでざっと見よう、それから戻ってきて、これと思った絵だけを、ゆっくり愉しめばいい。そう考えて、軽い足どりで絵から絵に移動していたとき、とつぜんのように一枚の絵が目にとびこんできた。いや、絵が、じわりと目に貼りついてきたといったほうが正しいかもしれない。「死んだ子供の肖像」、とその絵は題されていた。

横長の画面は斜め半分に区切られていて、左上の部分は、天鵞絨《ビロウド》だろうか、どっしりした黒の緞帳で埋められていた。そして、これに対応する右下の部分は、黒い垂れ幕とは対照的な白茶けた光に照らされていて、まるでその光を一身にあつめるように、幼児がひとり、よこたわっている。レースで縁どった光沢のある白いリネンのシャツを着せられ、これもリネンだろう、贅沢な感触の白いシーツにくるまったその子は、でも、もう二度と目ざめて母親を探すことはないのだ。幼い兄弟たちや嘆きかなしむ父母や乳母や召使たちにとりかこまれて、彼は、ひとり、死んでしまったのだから。

死のなかに置き去りにされたようなその子は、私たちが見なれたマリアのひざに抱かれた幼子イエスのほとんど対角にいた。敬虔な信仰者であっただろうこの子の親たちがおなかのうえで合わせてやった小さな手、ふくらんだ頰、いつもは見るものの心をうばったにちがいない、赤ん坊らしい手首のくびれ、目と鼻のあいだのくぼみ、そして色のないくちびるにいたるすべてに、この絵の作者は、シーツの白とは異質な、かすかに青みがかった陰影を注意深く描きこむことによって、死の現実、この子がすでにこの世のことどもから離れてしまったことを表現している。露骨といっていいほどの画家の誠実さが見るものの胸を刺す。肉のしまった頰は、この赤ん坊が衰弱するひまもなく死に連れ去られたことを物語っているのだが、そのことに涙をさそわれるには、あまりにも突きはなした手法にもみえた。子供は、まだ一歳にもなっていないだろう。

死んだ子の肖像を、生前のいちばん〈いいお顔〉をした瞬間を捉えるのではなくて、あとすこしで土に埋められるという、もっとも孤独な姿で写していることが、あわれだった。赤みがかった、まだすっかり生えそろっていない髪の毛と、先がぴんと尖ってみえる耳たぶが、どういうわけか、おとなびた表情をこの子にそえていて、それが私の空想を刺激した。もし死なないで大きくなっていたら、この子も、ヤグルマソウのように青い目と、赤いチューリップみたいなほっぺたをもつ、辣腕で働き者のオランダ商人になって、白い帆をあげた船で海を渡っていたかもしれない。

その日、私が訪れたのは「十七世紀オランダ肖像画展」と題された、大きくはない展覧会で、最初、電車のなかで広告を見たとき、ずいぶんしっかりと中身を限定しているな、と企画が印象に残り、その延長線に、行ってみたい、という衝動があった。折よく友人がさそってくれたので、待ちあわせて行ったのだが、会場に着くまでは、もともと乏しいオランダ絵画の知識をかきあつめて、レンブラントの闇の色や、せいぜいがときに投げやりにもみえるハルスの筆さばきぐらいしかあたまになかったのを、まんまと〈死んだ子〉につかまってしまったのだった。

その夜、家に帰ってから、私は、会場で求めたカタログをもういちど開いた。あれほど心を捉えたあのふしぎな肖像について、もっと知りたかったからだ。

展覧会には、他にも一点、おなじ趣旨の絵、すなわち、死んだ子供の肖像が展示されていた。二番目に見たほうの絵はどうやら女の子らしく、かわいらしい白薔薇のかんむりをかぶせられて、頬などにも心なしか赤みがさしたように描かれていた。これをかいた画家は、さきに見た男の子の絵の作家とは別の派なのだろうか、こちらの絵では、〈死〉の記号がすべて細心に伏せられていた。画家自身の力量にもよるのだろう、二枚の絵のうち、私がより惹かれたのは、死の重さをすこしも軽減することなく突きつけてくる、最初に見た淋しい肖像画のほうだった。

カタログはさいわい、かなりな空間を「死んだ子供の肖像」の解説に割いていた。説明によると、死児の肖像をこのようなかたちで残すのは、当時、なにほどかの資産のある家庭ではめずらしくない慣わしで、数は多くないけれど、類似の作品がいくつか現存しているという。十七世紀の幼児の死亡率といえば目を覆う数であったにちがいないから、生活の楽でない画家たちにとっては、ありがたい収入源であったかもしれない。読みすすむうちに私は、これらの絵にまつわる、いくつかの基本的な事実を知った。

赤ん坊は白いシーツのうえに寝かされていると私は書いた。だが、裕福な家の子であることを示す、みるからに上質そうなシーツの下には、穂のついた麦藁が積まれていて、子供の足もとには先端が焦げたような棒——じっさいは火の消えた炬火なのだが——が置かれている。絵画の技術的な観点からいうと、この黒ずんだ色の棒は、ぜんたいに白を多く使った絵のなかで重要なアクセントになっているにちがいないのだが、同時に画家は、これらの物体が象徴する意味を重視しているのがカタログの解説でわかった。炬火の火が消えているのは、短かったこの子の人生が唐突に閉じられたことをほのめかし、麦藁には、屍体の湿気を吸収させる力があるいっぽう、悪霊を退散させるという、どうやらキリスト教以前にさかのぼる民間信仰にもとづいた意味があるという。

だが、なによりも私の興味をそそったのは、この赤ん坊はプロテスタントの家庭に生まれた子にちがいない、という解説者のやや断定的な見解だった。もし子供の両親がカトリックであったなら、と彼は書いている。薔薇の花かんむりなどをつけさせたり、神の勝利と栄光を象徴するオリーヴやシュロの枝を手にもたせたりするだろうし、さらに絵そのものの印象としても、〈死〉の冷酷さをできるだけやわらげて描いたはずだ。事実、二番目の肖像画は、女の子らしく、可憐な花かんむりをつけ、まるで幼稚園のお誕生会に出かけるみたいによそいきの服を着せられていて、お昼寝のさいちゅう、といわれても信じてしまいたくなるくらい、安心しきった表情に描かれていた。

おなじ死の図像でありながら、なんという違いだろう。ひとつの絵は、たとえ、理性がまだ発達していない、したがって善悪の判断がはっきりしない幼児であっても、死後、その子は神の裁きのまえに、ひとり立たなければならないというのが、プロテスタント、とくに十六世紀にスイスに起こった、北国の冬の厳しさを思わせるカルヴァン派らしい解釈なのだろうか。だが、もっと地中海的なカトリック教徒にとっては、つめたい死の現実のなかに稚い子をひとりおきざりにするなど、考えられないことだったのではないか。たとえ死んでしまった子供であっても、現世そのままの記号でかざりたててやらなければならない。西も東もわからない子供のたましいであれば、おとなといっしょに神の裁きをうけることもなく、たとえ天国には入れてもらえないにしても、神のしずかな愛につつまれることに疑いはないのだから。死の床によこたわるプロテスタントの男の子が、(目立たないが高価なレースの縁どりが、この子の両親が属した階級の趣味を露呈しているにしても)一見、質素な外観の白いシャツを着せられ、女の子のほうは、たのしいお祭りの日のよそおいをさせてもらっているのは、そういうことなのだろう。

＊

オランダとフランドル、そして十七世紀と十六世紀のへだたりはあっても、二枚の「死んだ子供の肖像」は、ユルスナールの『黒の過程』の冒頭のエピソードに、いや、すくなくともそれが示唆するものにつながっていると私には思えた。思考の短絡は承知であえていうと、もとはといえばカトリックとプロテスタントとは、ひとつのたましいの、風土は異にしても、どちらも神をめざした二本の路線ともいえるのではないか。そして、これによく似た対立は『黒の過程』の冒頭で読者が出会うふたりの青年、アンリ・マクシミリアンとゼノンの生涯にも感じとれる。運を天にまかせる傭兵隊長を志願する青年と、どこまでも冷静にじぶんを見つめる錬金術師志望の若者と。

小説『黒の過程』が完成したのは一九六五年の八月で、ユルスナールは六十三歳になったばかりだ。この作品の前身として、『デュラーふうに』と題された五十ページほどの物語が存在したことに、作者は「覚え書」で触れている。それによると、この作品はなんと一九二一年、彼女が十八歳のときに先祖の家系図を見ていて想を得たものだという。早熟ということばではとてもいいつくせないめぐまれた才能、とでもいうのか。当初、「血と精神の絆でむすばれた複数の人間集団」が「数世紀にわたってくりひろげる」、巨大な壁画にも似た大ロマンの一部として、この作品は書きはじめられたのを、「構想が大きすぎたものだから」と『黒の過程』を書きあげた時点で作者は告白している、そのままのかたちで本にすることは断念せざるを得なかった、と。そのかわりに彼女は、三つの断片を、それぞれ『デュラーふうに』『エル・グレコふうに』『レンブラントふうに』と後期ルネッサンス絵画の巨匠の名のもとにまとめて、『死神が馬車を駆る』というタイトルで、一九三四年に、いちどは上梓したのだった。『黒の過程』の主人公ゼノンは、『デュラーふうに』のために構想された人物だ。

〈デューラーふう〉といっても、とおなじ「覚え書」のなかで作者は釈明している。「わたしは、この作品で、ルターがその宗教性を尊敬していたというあの同時代画家の手法を系統的になぞったわけではない。『デュラーふうに』という作品の題名は、人間の精神を具現していると思われる陰鬱な人物が、さまざまな仕事／職業を象徴する道具にかこまれて悲痛な考えをめぐらせている、あの著名な銅版画『メランコリア』にあやかってつけたものだ」と。

デュラー。いかにも北方の画家らしい彼の作品を私が意識するようになったのは大学生のころで、磔刑図のひとつを複製で見たときである。克明に処刑の酷さをつたえるキリストの肢体が、私にはひたすらうとましいだけだった。そのあと、この画家について系統だてて調べることはなく、ふたたび彼の画集をひらいたのは、ユルスナールが「メランコリア」を賞讃するのを読んでのことだった。「メランコリア」は芸術を表現するともいわれ、右半分に異様なほど重心をかたむけた、どこかおそろしげな雰囲気の作品だ。その右半分を重くしている天使と悪天使の性格をあわせもたされたような〈人物〉からは、親しみを感じさせる要素はすべて、画家によって慎重に抜きとられている。画面を覆う陰鬱な雰囲気、見るものに実行をせまるような寓話性、どれをとっても私個人の感性からはほど遠い。しかも、そのおなじ遠さを、私が、ときとしてユルスナールの作品に感じるのは、彼女のなかにあるドイツ的なもの、あるいは北ヨーロッパ的なものに由来するのだろうか。あるときはボッスにあらわれ、またあるときは、ブリューゲルに表現される、あの冷たい暗さにほかならない。

『黒の過程』は、錬金術とも深く関わった、というよりも、十六世紀に生きて死んだ錬金術師の生涯をえがいている。「過程」という語は、白の過程、赤の過程、さらに黒の過程という具合に用いられ、それぞれ錬金術師が踏んでゆく過程をあらわしている。〈白〉に対する〈黒〉はもちろん、悪魔の力を借りて行なわれると信じられていた〈黒ミサ〉と同じように、魔術あるいは錬金術の最終の段階を示している。それは、この世界のすべての現象が、教会の決定によって神に帰されることにうんざりした、前近代的な一部の学究者や若者たちのあせりをあらわすものだが、それは、科学が発達して神に帰するものがなにもなくなったと感じられるいまの時代、依りすがる対象をもとめる若者たちが、ふたたび自力で見神に至ろうとしてあせっている現象に酷似している。主人公ゼノンが没頭した研究について、ユルスナールはこんなふうに書いている。

「若い神学生だったころ、彼はニコラ・フラメルの著作のなかで **opus nigrum** 黒い過程、つまり、下等鉱石を金に変える〈奥義〉のなかでも、もっとも困難な段階だという、形態の溶解と石灰化のプロセスの描写を読んだことがあった。ドン・ブラス・デ・ヴェラがしばしば厳粛に断言したところによると、このような化合は望むと望まないにかかわらず、条件さえそろえば、自然に達成されるはずであるという」

「実験室のなかに閉じこめておけると彼が信じていた実験は、すべてに拡大してしまった。

錬金術的冒険につぐ諸段階が、夢ではない何かになって、いつかは彼も、白の過程の禁欲的な純粋さを知り、つぎには、赤の過程の特徴である、精神と官能との結合によって得られる勝利をわがものにできるのではないか」

もしかすると神の冒瀆にもなりかねないうえ、教会当局が異端とみなして目をひからせていた、危険きわまりないこれらの冒険にゼノンを駆りたてやまなかった錬金術の諸段階は、ユルスナールにとって、小説が〈書かれる〉諸段階の隠喩でもあったのではないか。〈書くこと〉の隠喩として、『黒の過程』の背骨の役目をはたしているように私には思える。ユルスナールもその分身であるゼノンも、錬金術なしには生きられない。

小説『黒の過程』はこんなふうにはじまる。

一五三〇年、フランドルからパリに通じる街道で、ふたりの若者が出会った。ふたりはいとこどうしで、どちらもが富と栄誉と安泰を約束された未来をふりきって、故郷の町、ブリュージュをあとにしてきたのだった。ひとりはこの町では知られた裕福な商人、アンリ・ジュスト・リーグルの跡とり息子アンリ・マクシミリアン、もうひとりはそのいとこにあたる、ゼノン。アンリ・マクシミリアンは底抜けに明るく、ゼノンは暗い。彼は、アンリ・ジュストの妹イルゾンデを母親として、あるときブリュージュを通りかかったフィレンツェの貴族、アルベリーコ・デ・ヌミを父親に生まれた、いわば私生児である。そんな事情から、高位聖職者への道を約束され、学問を積んでいたゼノンは、いまや硬直した思考が不吉な蔓草のようにはびこるだけの神学校をぬけだしてきたところだった。

いっぽう、十六歳のアンリ・マクシミリアンはイタリアに行くことを夢みていた。太陽にめぐまれないフランドルの商人として重厚に生きて栄誉をかさねるよりは、本物の戦いにあけくれる傭兵隊長として名をはせるのが、彼の理想だった。いっぽう二十歳のゼノンは、これまでに学んだ神秘哲学の基礎を錬金術に実らせて、自由な精神の巡礼になることを希っている。若者らしい力づよさと無鉄砲さをたのんで、それぞれの道を歩きはじめたばかりのふたりは、やがてひとつのわかれ道にさしかかる。

「アンリ・マクシミリアンは主街道をえらんだ。だが、ゼノンは横道を行くことにした」

ここで横道、と私が訳した語句は、原文では le chemin de travers である。travers そのものはラテン語では、trans〔よこぎって〕と、versus〔側面〕の複合からなる語で、辞書には〈幅〉とか〈横断面〉といった訳がのっている。だが、同時に、travers は、(イタリア語の traverso でもおなじだが) ユルスナールが用いた le chemin de travers のように de をつけた修飾句として用いられることが多い。そんなとき、この字句は、正統でない、あるいは、風変りな、または、奇矯な、さらに、曲って、といった意味をもつ。私の手もとにある仏和辞典には、avoir l'esprit de travers という副詞句が例としてあげられ、ひねくれ者である、と訳されている。

面倒な語の説明に手間どったのは、主人公ゼノンの選んだ横道が、〈正統の学問〉の道を経ないで、いわば埒外の結果に到達しようとする錬金術師への道を暗示しているからだ。それはまた、正統な学問がめざした〈神という解答がすべての究極に待ちうけている〉道を拒否することであり、教会が躍起になって抑圧しようとした邪道でもあった。だが、ゼノンにとって重要なのは、神を信じるか信じないかではなかった。彼は、ルネッサンスの人文主義が証明してきた人間に固有の尊厳を、彼なりの方法で確認したかったのだ。あらゆる物体に秘められた本性──神の直接干渉によってつくられたのではない、そして人間にも動物にも共通であるはずの──を原点とする自然哲学の道を、無意識のうちに彼はさがしもとめていた。そのためには、あらゆるリスクを承知のうえで、〈もうひとつの〉横道、chemin de travers を歩かなければならなかったのだ。

異端ということばが、私にある記憶の扉をひらいてくれる。二十年もまえのことではなかったか、長いミラノでの暮らしを切り上げて、まだ日本にすっかり慣れていないころだったように思う。その年、イタリアで評判が高かったという映画を、私は見ていた。上映の途中から入ったのかもしれない。映画館ではなくて文化センターといった機関の主催だったせいもあって、パンフレットがくばられるのでもなく、監督や俳優の名さえ私は知らなかった。ルネッサンスの哲学者ジョルダーノ・ブルーノの生涯についての映画が上映される、そう聞いただけで、私はのこのこ出かけて行った。それも、知的な好奇心といえる動機ではなかった。敬愛する、いまは亡い先輩が、この奔放なルネッサンスの哲学者について優れた著作をあらわしていた、それだけの理由だった。

ホールの音響効果がわるいうえに、字幕もなかったから、遅れて行った私の耳がイタリア語に慣れるまで、話のすじもなにもわからなかった。映画全体からいってどの辺りなのか、異端の疑いをかけられ、教皇のスパイにつけ狙われるドミニコ会士ジョルダーノ・ブルーノらしい僧衣の男が、ヴェネツィアの華麗な館で、よそおいを凝らした男女と話していた。すこしずつ内容がわかりはじめると、異端審問所の追跡を逃れて、ヨーロッパを国から国へ都市から都市へとさまようブルーノの苦悩が画面から伝わってきて、胸が痛んだ。

修道士でありながら（中世以来、それまでのプラトン主義に代って教会が奉じるところとなった）アリストテレス主義を公然と批判したり、コペルニクスの地動説を支持するかと思えば、自然哲学について熱心に語るジョルダーノ・ブルーノの身の安全を、いつのまにか私はこころのすみで祈っていた。六八年を境にミラノで、じぶんがその側に立っていた学生たちが警官に追われ、逃げまどう姿がブルーノに重なった。だが、画面ではそんな彼をかこんで、当時、反教皇的な自由思想を標榜して西欧世界に名を馳せていたヴェネツィア公国の貴族たちが、華麗な館で社交に明け暮れている。女性たちのきらびやかな衣裳、運河の岸を打つ波のさざめきのような彼女たちのはてしないおしゃべりと恋のかけひき。いずれは教会に裁かれ、死刑を宣告される運命がブルーノを待ちうけているというのに、そう思うと私は気が気でなかった。こんなところで、着かざった女性たちにとりまかれたりしていて、大丈夫なのかしら。

恐れていたとおり、ある日、状況は急転した。直接の理由がなんであったのか、ブルーノを家族の一員のようにもてなしていた貴族が、利己的な理由から彼をうらぎって、異端審問所に告発したのだった。捕えられ、ローマに護送されたブルーノは、数年のあいだ暗い地下牢につながれ、むごたらしい拷問に耐えながらも、自説をひるがえそうとはしない。彼が牢獄（映画では、テヴェレ河の右岸にそびえる聖天使城、いまはカステル・サンタンジェロと一般に呼ばれるハドリアヌスの墓廟がその地下牢だったような記憶がある。歴史的にも妥当だから、可能性は大きい。ついに名を覚えそこねた監督は、ところどころでピラネージの《牢獄》を彷彿させる背景を用いていた）を出ることができたのは、警吏に護衛されてテヴェレを渡り、ほど近いカンポ・デイ・フィオーリ広場の刑場に送られた日だった。神を信じ、教会を信じてはいても、その不当な圧力には屈しようとしないブルーノの僧衣に火が音をたてて這いのぼる。

こんな人たちの苦悩を経て、現代科学は生まれたのだ。ホールの暗闇で私は肩をこわばらせていた。それなのに、私たちは無知に明け暮れ、まるですべてを自分たちが発明したような顔をして、新幹線なんかに乗ったり、やれコンピュータだ宇宙だといばっている。なんというまぬけだろう。

ジョルダーノ・ブルーノは、奔放で衝動的な性格のうえに自己顕示欲のつよい人であったらしい。また、信仰者としても、驚くほど揺れた。一時、カルヴァン派に改宗したかと思うと、まもなくそのおなじ派の批判に立ち、つぎにはルター派に移籍して、彼らの教会で説教をしたとも伝えられる。移り気、だったのか。あるいは、精神の旅人とでもいうべきなのか。『黒の過程』の「覚え書」のなかで、ユルスナールは、ブルーノを小説の主人公ゼノンと比較して、こう書いている。「ゼノンの情熱はジョルダーノ・ブルーノの情熱に比較すべきものだ。でも、ゼノンの場合、より乾いたものだけれど。なによりもブルーノは幻想に憑かれた人間、詩人だ」また、こうも書いている。「ブルーノとカンパネッラは、根本的に〈詩人〉だった。ゼノンは、そうじゃない」と。だが私としては、ゼノンが誠実、持続を徳とする北方人であり、ブルーノが融通無碍を尊重するナポリ人であることを忘れたくない。

ブルーノの個性、あるいは信条がどうであったにせよ、見ていて「吐きたくなる」と彼がいったほどのおそろしい火あぶりの刑は、施政者側にとっては〈見せしめ〉がおもな目的であったのは確実だ。後年、地動説を主張する論文『天体についての対話』を発表して異端審問を受けたとき、六十歳をすぎて健康のすぐれなかったガリレオ・ガリレイの脳裡を、ちょうど三十二年まえ、自説を曲げるよりは死をえらんだジョルダーノ・ブルーノの凄絶な最期がよぎりはしなかったか。ローマに行って元気な商人たちの売り声がとびかうカンポ・デイ・フィオーリの露天市場を通りかかるたびに、十八世紀のおわりに火刑台あとに建てられたジョルダーノ・ブルーノの銅像を見上げ、私の想像は果てしなくひろがる。

『黒の過程』には、もうひとりの〈異端者〉が登場する。北欧人のような名のこの人物、シモン・アドリアンセンは、誠実で実直で商売じょうずなオランダ人で、彼自身、異端者として裁かれることはなかった。それでも私がこの人物について何行かを割こうと考えるのは、人間としての彼の生き方に興味をひかれるからというよりは、北方人ユルスナールが、この人物への共感を、かなり露わに述べているからだ。さらにいうと、シモンがその一員であった異端の教団が、ドイツ・ウェストファリア地方の小都市、ミュンスターにたてこもって、教会のさしむけた軍隊に包囲され、ついに崩壊にいたるまでの日々が、すばらしいリアリズムの手法で描かれているからだ。シモンが、商人として営々と築きあげた財産をも、名誉をもしっかりと守ってくれたはずのカトリックの信仰を棄ててまで入門した再洗礼派は、戒律の厳格なカルヴァン派のさらに最左翼といわれた一派だった。歴史的にはカトリック教会からもルター派からも攻撃を受け、首導者たちはもちろん、逃げそこなった信徒の多くが粛清され、落命した。

シモン個人に問題をしぼると、彼のなかには詭弁に左右されないナイーヴな初代教会への回帰という希いがつよくあり、それを達成するために聖書を精読し、その教えにもとづいた正直で聖らかな信仰生活を送り、弱者をかばい、これらの善徳を周囲の人々にすすめる願望に燃えていた。非凡な商才にめぐまれてはいたけれど、ごくおとなしい、小市民的でさえある信仰生活者といってよい。愚直なところがありながら、いったんこうと決めるとなにがあっても頑固に自説を守りとおす、ときには独断的でさえあるシモンは、つきあいにくいタイプの人間とも思える。また、ブルーノやゼノンとはちがって、学究者でもなければ、修道者でもなかったから、あえて〈真理〉を背負って立つ理由もなかったのだろう。ふたりの妻に先立たれたあと、二度の結婚から生まれた子供たちもすでに独立していたから、あとは財産をすきなようにつかって、老後を愉しめばよいという、いわば結構な境遇にあった。

そんなシモンは、ゼノンの伯父にあたる銀行家、アンリ・ジュスト・リーグルの、仕事のうえの友人として登場する。灰色のひげをたくわえた「さっぱりとしていて、まじめな、日が射さない海に吹いてくる追い風を思い出させるような感じの男性」と作者は彼を描写している。

海、船、風、波のメタファーが、たぶんノアの箱船を示唆するのだろう、彼と彼の悲運の物語をとおして章のあちこちにちりばめられる。それは海運国オランダらしい比喩でもあるだろうが、海を渡るように教会という船に乗って人生を旅する人々を示唆するとも考えられはしないか。必要なら、シモン自身が船となって家族を守る。

最初の訪問をきっかけに、一年に二度、シモンはリーグル家をおとずれるようになった。十七世紀のヨーロッパの国々で流行した絵画のジャンルである「家族の肖像」を想わせるリーグル家の家族群像にまじって、アンリ・ジュストの妹でゼノンの母親の、美しいイルゾンデが描かれる。彼女は、イタリア人との不運な愛に、いまも傷ついている。

「シモンは、気がある女性にはおもわず父親のような心づかいをしてしまうといったところのある男だった。イルゾンデが悲しそうにしているのをみると、彼女のそばに行って腰をおろすのが、いつかシモンの習慣になった」

ある日のこと、シモンは「声をひそめるほどではなくても、ドアがちゃんと閉まっているかどうか見届けたうえで」、イルゾンデに重大な秘密を打ち明ける。わたしは、再洗礼派の信仰を真剣に受け入れることを考えている。イルゾンデにとって、それは足もとの地面が崩れるほどの恐ろしい告白だった。やっと会えた、自分を生涯まもってくれそうにみえた男が、ときには村に火を放ち、官憲に追われる邪宗門に加わろうとしているとは。

「子供のときに受けた洗礼は、その子の意志によるものではないから、ほんとうに神の道をあゆみたいものは、成人に達したとき、もういちど洗礼を受けなければならない」これが、幼児洗礼の当否をめぐって、カトリック教会と対立した再洗礼派の主張だ。しかし、教えそのもののの是非よりは、この派に属する信徒の多くが、短絡的に教会の堕落や腐敗を指摘し、迷信を弾劾するにあたっての、いわば率直すぎる態度のために、カトリック教会もルターのプロテスタント教会もが、彼らを忌み嫌うことになる。さらに、独自の信条を奉ずる彼らの台頭が、織物工業が発達していたフランドルからオランダのゼーランドにかけての地方で、すでに産業革命の最初の芽生えがひよわな主張を公表しはじめた時期とも重なっていた。民衆に批判力を養わせることは社会不安につながるから、極力これを避けなければならない。近代における異端の抑圧は、しばしば政治的、社会的な抑圧の口実であった。

手足が小刻みにふるえるほどの恐怖を感じながらも、美しいイルゾンデは、シモンのまっすぐな信仰告白に耳をふさぐことはできなかった。彼が説明してくれる聖書は、これまで彼女が聞いたことのない活力と生気にあふれていた。そして、なによりも、私生児を生んで兄の世話になっている彼女に、たましいの高さで話しかけてくれた人間は、シモンをおいて他になかった。

ユルスナールにとって、ゼノンが（ブルーノとおなじ意味で）精神の領域、あるいは知の領域における求道者＝異端者であるなら、ひとつの宗教を棄てても、真正の教会とその深みを求めるシモンは、たましいの領域にかかわる求道者＝異端者といえるだろう。

（求道がないところに異端がないのは当然かもしれないが、精神の働きのないところにも異端は育ちえないという事実を、私たちはあまりにもなおざりにしてきたのではなかったか。異端は、管理者が生産するものではなくて、精神の労働者が生みだすものだから。精神の、あるいは知の領域を、私たちがどれだけないがしろにしてきたか、ゼノンの物語はとりわけ考えさせる）

一五三四年から三五年にかけて、それぞれの国で迫害に耐えられなくなった再洗礼派の信徒たちがミュンスターに立てこもり、ここをあたらしいキリストの国の拠点とした事件がヨーロッパを揺り動かした。だが、彼らの「神の国」は長続きせず、カトリック＋ルター派の連合軍によってあっけなく粉砕されてしまう。その史実を、ユルスナールは、シモンとイルゾンデの物語に組み入れる。

最初の指導者ヤン・マチエスが斃れたあと、連合軍の包囲下にあるミュンスターの指揮権を手にした、もと大道芸人の「教祖」ハンス・ボックホルトは、みずからを王と名のって、命令に逆らう信徒のいのちを奪い、神のためと偽っては女性信徒を犯し、都市の街路はさながら地獄の様相を呈する。神の名を大声で叫びながら、髪をふりみだし、食料の補給がとだえた包囲下の街を狂乱して駆けまわる指導者と信徒たち。

怪奇とも狂的ともいえる、まさにヒイロニムス・ボッスの「悦楽の園」を彷彿させる世界が展開する。だが、そのなかには、美しいイルゾンデがいた。再洗礼派信徒への迫害がつのり、日々の生活がおびやかされるようになったとき、シモン一家はオランダを脱出して、水路づたいにミュンスターに避難してきたのだった。だが、無事、目的地に達して安心するひまもなく、教団のための資金調達を命じられたシモンは、妻子をミュンスターに残して、旅に出なければならない。

案の定、破局は彼が出発したあとにおとずれる。粗野きわまりない、群衆の〈王〉に召し出されたイルゾンデは、ふたたび神の名によって王の暴力に屈しなければならない。彼女にとってはずかしいことばかりの多かった地上のいのちにもはや未練はない。一時は地上の楽園と信じられたミュンスターの命運もいまはあてにならなかった。包囲の軍隊が街になだれこんだとき、信徒たちは抵抗を試みることもできずに捕らえられ、つぎつぎと処刑台に登った。その日、持っていたなかでいちばん見事な衣裳をまとったイルゾンデは、処刑の瞬間まで、花のように気高く美しかった。

荒廃したミュンスターにシモンがようやく戻ったとき、妻の遺骸はまだ温みをとどめていた。それでも、彼は信仰をうしなうことなく、すべてを神のめぐみと感謝しながら、憔悴したからだを彼のために用意されたベッドによこたえると、ふたたび醒めることのない眠りにつく。

小学生の宿題のように、私はもういちど、「死んだ子供の肖像」をあたまに描いてみる。凍てた風にさらされたような白い画面の部分には、確固として偶像崇拝をこばみ、つねにみずからの行いを、たえず聖書の教えに照らしあわせて糾明したカルヴァン派の、人たちの、信仰の厳しさと、それを守りとおした人たちの威厳がみなぎっていた。

六十歳をいくつかすぎて『黒の過程』を書き終えたユルスナールは、『デューラーふうに』を書いたころのじぶんは、現在よりも清教徒的な考えに共感をもっていたようだと、つぎのように書いている。

「〔『黒の過程』を書いたときの〕カルヴァン派の宗教改革に対するわたしの共感は、むかしにくらべて弱まっている。共感のいくばくかが『黒の過程』に残っているとすれば、それは極左のプロテスタント、シモンの人格に対してだけだ」

これまで私が出会った人たちのなかで、だれがいちばん、シモンに似ていただろうか。そんな思いが、書く手をとめさせる。端切れをつなぎあわせた小さな旗のように、私は友人たちのなかにシモンを追いもとめる。なにかにつけて父親風を吹かせて、私を怒らせるシモンのような友人も、たしかにいた。美しいイルゾンデのように、私は彼に従いてはいかなかったけれど。

暗い目をした錬金術師のゼノンの顔が記憶の闇のなかからよみがえる。いや、それはむかし、私に学問の難しさと愉しさを教えてくれた、いまは亡い、やさしい先輩の顔だった。ふたりが出会った遠い国の田舎町で、大学の行き帰りに、坂を下りまた上がりながら、私たちは彼が専攻していたルネッサンス哲学について話し、宗教について論じあった。彼が私の下宿まで送ってきてくれて、それでも話がおわらないと、こんどは私が街の反対側にある彼の下宿まで送った。あのころは、どうしてあんなに議論したんだろう。二十年後に日本の大学で顔を合わせた先輩は、そういって笑った。信じられないなあ。ぼくたちは、神の存在なんて話をしてたんだぜ。

フランスで錬金術をおさめ、医学にも通じたゼノンは、やがてぐうぜん出会った原初派フランシスコ会の修道院長ジャン・ルイ・ド・ベルレモンにそれとなくかくまわれて、ブリュージュに帰る。ゼノンがかつてラテン語であらわした著書をわざわざドイツ語に翻訳したものがいて、そのためルター派が知るところとなり、プロテスタントのあいだで彼は有名になった。しかし、当然のことながらカトリック側ではその本の正統性が問われ、ゼノンは審問所に追われる身になった。いま生まれ故郷の街で、彼は素性をかくして、偽名を名のらなければならない。セバスティアン・テウス。神のセバスティアンとも訳せるだろう。男が異端書の著者ゼノンであることが人々に知れわたる日、彼の未来が消滅するはずだった。

精神、肉体、たましいというユルスナールがランボーの『地獄の季節』から受けつぎ、彼女が「黄金のトリロジー」と名づけた三つの要素は、登場人物だけでなく、『黒の過程』の構成そのものをも支えている。第一部の「街道」では、ゼノンの遍歴の時代が語られ、教会にむかっての苦々しい批判が低音で流される。それはまた同時に、ゼノンの精神の働きが若葉に萌えたつ五月の樹木のように、もっともめざましかった肉体の時代でもあった。第二部でブリュージュに帰った彼は、修道院長の庇護をうけ、医師として慕われるのだが、旅をつづける自由はもうない。旅の自由は失ったが、ゼノンは、人々に必要とされるようになったじぶんを発見し、知らぬまに迎えていた、〈たましいの季節〉に驚かずにいられない。

ユルスナールにとってかけがえのない人生の伴侶であり、忠実な秘書でもあったグレース・フリックが一九五八年に癌を発病して七九年に他界するまでの二十一年間、マルグリットは、ときにアメリカ大陸に、あるいはマウント・デザート島の小さな家に釘づけになった自分を、牢につながれた囚人にたとえて憐れむこともあった。『黒の過程』のある部分はその時代に書かれたもので、彼女は病んだ修道院長をおいて逃げられなくなったゼノンのように、家を離れられない不満をかこちながらも、他方では、グレースに必要とされる自分を発見して驚いたことがあったにちがいない。『黒の過程』をユルスナールが書き終えたのは、グレースの発病から数えて、五年目の六三年だった。

さらに、ゼノンの生涯と死は、主人公の生きた時代とも深くつながるものでなければならなかった。そのことへのユルスナールのこだわりは、作品の「覚え書」に見られる煩わしいばかりの、同時代人たちのリストが証拠だてている。

「一五一〇年に生まれたとされるゼノンは、老レオナルドが流謫の地アンボワーズで息をひきとったとき、九歳だったことになる。また、わたしがゼノンと肩をならべさせ、ときには論敵ともしたパラケルススが死んだとき、ゼノンは三十一歳、コペルニクスが没したときは、三十三歳だったはずだ。（……）〔さらに〕ゼノンが死んだのは、ガリレイが生まれた五年後であり、カンパネッラが生まれた翌年である。ゼノンが自死をとげたとき、三十一年後に火刑に処せられるはずのジョルダーノ・ブルーノは、ほぼ二十一歳だったことになる」

ブルーノの没年を作者がリストに加えているのには、たぶん意味がある。修道院長の死をみとった彼は、たちまち逮捕されて牢獄の人となり、迷ったすえ、自死を決断する。ブルーノが避けられなかった、そのおなじ刑死を、四十年以上も彼女のなかに棲みつづけたゼノンに押しつけることは、ユルスナールには到底できなかった。

このようにゼノンの物語を歴史に組み込むことによって、作者がなにを伝えようとしているかについては、ほとんど疑いの余地がない。異教の神々は死にたえたが、キリストはまだ生まれていない時代、とフロベールを引用しながら『ハドリアヌス帝の回想』の時代を定義したユルスナールは、この作品においても、ある過渡期を、端境の時代をえらんでいる。「スコラ哲学の刻印を受けながらそれと戦っている」ゼノンは、〈近代〉がそろそろ顔を見せはじめる十七世紀ではなくて、ルネッサンスの昂揚が下降しはじめた十六世紀の人間なのだ。そして、彼は、「社会を転覆させかねない錬金術師たちのダイナミズムと次の世代にもてはやされることになる機械論のあいだ、事物のなかに神が潜在するという神秘主義といまだにあえて名乗ろうとしない無神論とのあいだ」で揺れている。古典の語彙に支えられたハドリアヌス帝の孤独にくらべるとき、中世にもルネッサンスにも頼りきることのできない、だから文化の系譜としても寄りどころを失ったゼノンの孤独は、はるかに私たちのそれに近い。彼もまた、どこか私たちとおなじように、矛盾にみちた過渡期を、そして方法論を、模索しながら生きた人間なのだ。ユルスナールが彼を、不撓不屈の修行者としても、教祖としても描かなかったのは、そのためだ。

ユルスナールが晩年をすごしたマウント・デザート島の小さな白い家をたずねたとき、案内してくれた青年シルヴァンが、ユルスナールの寝室に通じる急な階段をあがりきったところにかかった、古いレンブラントふうの肖像画をゆびさしていった。マルグリットが育ったモン・

ノワールの城館から持ち出すことのできた、数すくない絵のひとつだそうです。名はいま思い出せないけれど、だれか大切な人の肖像なの、とたずねる私に、シルヴァンは首をすくめた。たしか、母方の何代目か十何代目かむかしの親類で、先祖のなかでただひとり、彼女の先祖のひとりです。異端審問所にねらわれる栄誉をになった人物だと、だれかに教えられて、マルグリットがここに持ってきたんです。ほんとうだとするには、あんまり畏れ多いみたいな話だけどねえって、彼女がいってたと聞いてます。

黒ずんだ色調のその肖像画から、人物の表情はほとんど識別できなかった。バスクふうの黒いゆったりした帽子も、古代ローマのトガに似た茶色の上衣も、あのオランダ絵画の展覧会にもいくつかあった肖像画の人たちとおなじ型のもので、これといった特徴はなかったが、マルグリットがゼノンを肉体として考えたとき、この絵の人物がそれに重なっただろうことは容易に想像できた。階段のあがりくちに立って、ゼノンの物語にあけくれていたころのことを書いた、マルグリットの言葉を私は思い出していた。

「夜、眠れないでいるときなど、なんどもなんども、私は、存在するのをちょっとやめて、おなじベッドに横になっているゼノンに手をさしのべたものだ。灰色がかった褐色の、がっしりした、ほそながい手で、指は先がへらのように平ったく、あまり肉のついていない大きな爪はひどく色がわるくて、深づめに切っている、その手をわたしは知りつくしていた……」

小さな白い家

ユルスナールが、北米メイン州の小さな島で晩年をすごしたことについては、ずっと以前になんども聞いたことがありながら、それをまたひとつひとつ〈ていねいに〉忘れていたことに気づいたのは、この文章を書きはじめてからだった。この島への私の思いは、したがって、しっかりと準備された苗床の土のように、私のなかで耕され、肥料をほどこされていたような気がする。

島についての第一の記憶は、小さな黒い小動物のように私のなかにうずくまっていて、そばにゆくと、もう二十年もまえに死んだ、友人で編集者だったガッティと私がなにやら話しあう声がきこえる。声のくぐもりぐあいで、私たちは、彼が勤めていたオリヴェッティ社出版部の編集室だった、天井のひくい、うすぐらい部屋にいるのがわかる。

このひと、だれ？　雑誌に載った写真をまえにして、私の声がガッティにたずねている。えらい女性の作家だよ、フランスの、とガッティがいう。えらい、というところに、彼らしく、とくべつなアクセントをつけて。母親に大切に育てられたひとりっ子の彼は、えらい女の人がすきだった。フランス人だけど、アメリカに住んでいる、と彼はつけたす。それも北のはての、小さい島だ。え、と私がいぶかる。どうして、フランス人なのにアメリカになんか住んでるの。

そこで、黒い記憶の小動物は、私たちの声もろとも、ふいとかき消え、ガッティがどう答えたか、だれも憶えていない。

それでも、ガッティが話していた女性の作家がユルスナールだったことはたしかだし、島の名も、たぶん、マウント・デザートだった。ただ、それを聞いたときの私の反応は、「いいなあ、そういう遠いところに、わたしも行きたい」という漠然としたものと、「そんなところで暮らしてみたいなあ」という一種のあこがれ、だったように思う。「そんなことを考えついた作家のことを、もっと知りたい」は、ほとんどじぶんにも聞こえない、ためいきのような希望だった。イタリアにわざわざやってきたのに、なにもフランスの作家について時間をついやすことはない、という乱暴な考えに、私はそのころとりつかれていて、ユルスナールと聞いたところで、その名は空中に浮遊するゴミほどにも、私を動かさなかった。グレース・フリックという女ともだちと彼女が夫婦のように暮らしていたことについても、そのころの私はまったく無知だったから、女がひとりでそんな遠い島に行ってしまうなんて、ずいぶん勇気があるひとだ、とそう思ったぐらいにすぎない。あたらしい知識への意欲をなくしていたのは、そのころ私にふりかかった大きな不幸に気をとられていたからでもあったのだが、なにもかもがいやになって、いっそのことこの世から消えてしまいたいと、不遜にも、日夜、女ひとりの無力をかこっていた時期のことだった。

ガッティと私のみじかい会話の糸口になった写真が、なにかの写真雑誌——もしかしたら、フランス語版の「マリ・クレール」だったかもしれない——にのっていたことだけが、ぼんやりと記憶のむこうにある。

二番目の記憶は、うっかり落すとこわれてしまいそうに、小さくて、おぼつかない。私は、アメリカの友人JCと彼の妻との三人で、メイン州の海岸を車で走っている。彼らがそのころ住んでいたボストンを出て、もう三日になる。そのあたりの、どれもがむかしどこかで読んだことのあるように思えるなつかしいひびきの、島や岬や港や海岸の名に私はこころを奪われていた。いわく〈古い菜園の浜辺〉〈クリスマスの入り江〉〈イルカ岬〉。そのとき、どういう連想が働いたのか、JCがいった。このずっと先のほうだけど、フランスの有名な女性の作家が、小さな島に住んでるそうだよ。

この記憶も、それだけの断片だ。ユルスナールという名をJCが口にしたかどうかも、はっきりは思い出せない。

三番目は、記憶というにはあたらしすぎて、まだうまく話せないかもしれない。これにもひとりの友人が出てくるのだが、ガッティとおなじイタリア人で、彼→私→ユルスナールという図式も、変らない。比較的、最近のことだから、白いスクリーンに映るスライド写真のようで、まだなまなましい。

その友人は、私を、決定的に、そしてかなり意図的に、ユルスナールに近よらせようとして、自伝的小説『恭しい追憶』のイタリア語版をもってきてくれたのだった。でも、本を開きもしないうちに、私は、表紙の写真に吸い込まれてしまっている。

見わたすかぎりのどこか熔岩をおもわせる岩場で、背景の左手だけに、黒い松林の一端がみえる。岩のひとつに、ゆったりとした服装のユルスナールがこしかけている。かなりの年齢で、見るからにふとっていて、ちょっと横むきの、たぶん海の方角に向けた顔には、陽がいっぱいにあたっていて、ブロンドの彼女はひどくまぶしそうだ。読みかけの原稿らしいものをひざにのせ、岩についた左手が、からだの重みをささえている。

おいしいものをたべるように、その写真を私は眺めた。鏡のうしろをのぞく子猫みたいに、私は、写真のうしろにあるものを読みとろうとしていた。こんな淋しい場所に、どうしてこの人は住もうとしたのだろう。その疑問は、でも、そのまま、彼女の強靭さ、内面の豊かさをものがたっているようにも感じられた。どういうものか、そのとき私は、ずっとむかしガッティと写真を見てかわした会話のことにも、メイン州の海岸でJCが、漠然とその話をしたことにも、考えがおよばなくて、またもや、いちどでいいからその島に行ってみたいと、それだけを考えた。

あのとき、写真のごつごつした岩場にすわっていたおばあさんと、フランス学士院開闢以来の女性会員に推挙されたユルスナールのかがやかしいキャリアとの、どこやらちぐはぐな組合わせに私が好奇心をくすぐられなかったら、彼女とその作品にたいする私の関心は、ずっと違った道をたどっていたかもしれない。

マウント・デザート（荒れはてた山だなんて、すごい名だと思う）に行きたい、そのころから、じぶんにも、友人たちにも、私は、そういいつづけた。それを口にすることによって、多少、変ったことでも、やりたいことはやってみるべきだと、自分自身を勇気づけていたのかもしれないし、ただおまじないのように、いいつづけていれば実現するかもしれないと、祈っていたのかもしれない。

友人たちのやさしい肝いりで、とうとうマウント・デザート島に出かけることになった私は、長い不便な旅の途すがら、ずっとあの本の表紙のことを考えつづけた。真夏だというのに、つめたい大西洋の風が、ひえびえと頬を刺すようで、気持がはずんだ。

覚えきれないほどなんども飛行機を乗りかえ、最後には車を借りて、私たちはマウント・デザートに着いた。翌日の朝は早く起きて、ひとり、宿の近くの海岸に出た。あの写真とおなじ大西洋の海岸の岩場に、じぶんはすわって、海から来る風を肌に感じている、そう思うとやはりぐっとくるものがあった。この海のむこうに、ヨーロッパがある、と私はそのことが我慢できないほどなつかしかった。ユルスナールが十二、三の少女だったころ、お父さんと夏をすごしたオスタンドの海岸も、ちょうどこの向いあたりだ、と思った。

引き潮の浜辺の、ごつごつした岩はあちこちに水たまりができていて、じっとすわってはいられなかった。だから写真のユルスナールみたいにゆっくりとしたポーズをとるわけにもいかなかったけれども、太陽だけは、写真で見たのとおなじくらい、いやもっとさわやかに、つめたく照っていた。北国の太陽だ。でも、北国人でもなく、ブロンドでもない私は、ユルスナールみたいにまぶしい顔をしないで、しっかりと海を見わたすことができた。かもめの飛びかう青い海面を見て、私は、思った。とうとうここまでやってきた。文章をつづるのがおもいがけなくじぶんの仕事になって以来、めずらしくひとつの「点」に到達したような、充実感があった。

島に着いて二日目に、私たちはいよいよ、マルグリットがグレース・フリックとふたりで暮らした家を見に出かけた。私たちが泊っていた、観光者の多いバー・ハーバーの町とは反対側にある、落ち着いた別荘地ノースイースト・ハーバーまで行って、目ぬき通りの文具店でたずねると、ユルスナールを知っていたにちがいない小柄な老女が、店のなかで方向を指さして、すぐわかりますよと、説明してくれた。教えられたとおり、私たちは、店のまえの坂を降りると、町の診療所のよこをまた上り、突きあたりの、絵にかいたような尖塔のある白い教会堂のまえを右に折れた。ゆるい坂をたらたらと降りると、もうそこが家のまえだった。緑に埋もれたような小さい白いコロニアル様式の二階屋で、家のまえの、人通りのほとんどない道路と庭の境界線には、背の高いプラタナスが、何本か並んで枝をひろげていた。

細い入口の階段のカーペットをとめた真鍮の棒にも、キッチンの使いこんだ銅のケトルやアルミ鍋にも、暖炉のうえにはめこんだ古いデルフトのタイルにも、女の家のこまかい神経がにじみ出ていた。住みごこちのよさそうな居間には、ニューイングランド家屋の簡素さとヨーロッパの伝統の厚みが、うまく調和している。でも、ユルスナールがそれらの細部まで選択し、グレースは、なにを決めるのにも、彼女の意向に従っていたようなのが、ちょっと気にかかったのは、事実だ。そして、廊下も階段下のスペースまでが、当然のこととはいえ、ユルスナールのものであったらしい本で埋まっていた。でも、もう、ちょっと指をはさんだり、ページを繰ったりされることのなくなった本たちは、とっくに死んでいるのが、私には痛いほどわかった。本は、それを蒐めた人間のいのちの長さだけ、生きるのだから。

居間のロッキング・チェアの背には、ひざかけの毛布が掛かっていて、食事ができましたよ、と声をかけると、マルグリットがキッチンのとなりの書斎から出てきそうだった。彼女がときどきケーキなどをつくったと、なにかで読んだのを思い出して、考えた。もしかしたら、じぶんの周囲にいる人たちはしょせん、じぶんに仕える人なのだという女王の意識のようなもの、あるいは自明の理屈、そして肉体の感覚みたいなものが、マルグリットのあたまから足の先までしみわたっていて、グレースがそれを根本のところで受けいれていたのでなければ、ふたりはいっしょに生きられなかったのではなかったか。

こんな家に住んで、と居間からキッチンへ、キッチンから蔦のしげったヴェランダへ案内されながら、私は、ふたりがあの奇妙な二人三脚の生活をしていた家のなかを見まわした。そんな生活のいくつかのエピソードを、伝記作者のサヴィニョーはつたえている。

ある夜、島のどこかで火事があった。グレースが、外にとびだして、近所の人たちと、燃えているのはいったいどの辺だろうと、話しあっていた。そのとき、隣人たちがかつて耳にしたことのない奇妙な声が、奇妙なアクセントの英語で、ぼそぼそと意見をのべたので、一同、ぎょっとしてふりかえると、そこにマルグリットがいた。〈フランス人〉とみんなに呼ばれ、どちらかというとみなに敬遠されていた彼女は、近所づきあいはすべてグレースにまかせてあったから、マルグリットが英語を話せることさえ、だれもそのときまで知らなかったというのだ。白壁の小さな家は、ひろい庭にかこまれてはいるけれど、近所からまったく孤立しているような敷地では、けっしてない。

グレースも、ずいぶんエキセントリックな女性だったらしい。夜、おそくに、近所の家になんのまえぶれもなく、はいってくることがあった。ハーイ、チョコレート・ケーキのあたらしいレシピをもってきたわ、などといって。

単調な日々をおくっているその辺の住民たちにとって、冬の日、ふたりが散歩に出かけるすがたは、見ものだったという話もある。ふたりとも、〈なんとも形容し難い服装〉をしていたからだという。とくに、マルグリットは、からだじゅうに、ショールやらなにやらをぐるぐると巻きつけるのが得意だったし、きつく締めつけるような衣服はけっして着なかった。ただでさえ、ふとり気味の彼女だったから、〈歩くより、ころがったほうがはやい〉と、イタリア人がふとった人をからかうときにいうことばが、ぴったりだったろう。

それでも、ふたりはいつも、おそろしいほどまじめだった。ふたりが笑いころげた話は、伝記には載っていない。徹頭徹尾まじめなふたりの老女を考えると、そのほうが笑えてしまうのだが、もうちょっと考えると、少々、気味もわるい。

私たちは、墓地にも行った。

清教徒の伝統にふさわしい、静謐ときびしさがみなぎった、そのためにマルグリットが島のなかのどの霊園よりも気にいっていたという、なだらかな起伏のある、入り江のすぐそばの古い墓地だった。そして、マルグリットのお墓を見つけるのがどんなに大変だったか、私たちは生涯忘れないだろう。入口をはいってから、四人でほとんど地面を匍うようにして探しまわったのに、なんどもあきらめかけたほど、わからなかった。最近、やはりユルスナールのお墓をたずねていって、時間がなくて帰ってきてしまった日本の人の話がなにかに出ていたが、かなり探し上手をそれぞれに自負していた私たちだって、三十分も探しまわって、もう帰ろうかと思いはじめたときに、やっと見つけたのだった。

それは、墓地のはずれの、もうすぐそこが入り江だという場所で、ちょっとした築山のような高みに、彼女が生前に植えさせたという木の茂みのなかにあった。隠れるようにして、遠いアメリカでグレースとふたりで暮らした、そのおなじムードを、ふたりは死んだあとも守りつづけているようだった。マルグリットのは、半分、草に埋もれた四角い黒御影石のかんたんな墓標で、Marguerite Yourcenar とペンネームが彫られていて、1903-1987 と生没年が刻まれ、その下に、『黒の過程』の主人公ゼノンのことばからとった、墓碑銘があった。

「人のこころを生ぜんたいの大きさにひろげ給うおん者に、うけいれられんことを」

〈おん者〉と私が訳した Celui という代名詞と、Est という存在の動詞が大文字ではじめられていることに、私は、なんとなくほっとしていた。彼女も、《牢獄》をぼんやりと照らしていた光を信じていたことに、そして、この引用がとられた『黒の過程』が、やはり私が思ったように、そういう小説であったことに。石も字も、もちろん文句も、ユルスナールが生前に選んだものという。美しい彼女の墓碑をとりかこむようにして、七九年、長い病気のあとマルグリットに先立って逝ったグレースの墓と、すこし離れたところに、マルグリット自身の筆跡をそのまま大理石に刻んだと思える、白い石碑があった。グレースの没後、マルグリットのあたらしい伴侶として、彼女の面倒をみたジェリー・ウィルソンに捧げられた墓碑だった。わずか三十七歳でエイズのため死んだジェリーは、発病後、ほとんど錯乱にちかい時期があったりして、最後はパリの病院で他界したのだった。

午後には島を離れるという日の朝、私たちは、もういちど、ノースイースト・ハーバーの彼女の家をおとずれた。三日間に、二度も来た、というので、私たちは法外といっていい歓迎をうけた。気のいい案内係の青年シルヴァンが、遠くから来てくれたから、とくべつに、といって、寝室のある二階にまで案内してくれたのだ。

細い、船のなかみたいに急な階段をのぼって左手が、グレースが使っていた寝室だった。本棚には、たぶん百冊はない本がならんでいた。そのとき、どこに置いてあったのか、シルヴァンが、手のひらにきっちりとのる大きさの小箱を私に見せてくれた。箱根細工に似た細工で、シルヴァンがそっとふたをあけると、オルゴールがたどたどしくハ長調のメロディーをかなでた。子供部屋や、小さなサイズのヴァイオリン、譜面台の記憶が、天井の低い寝室に、枠を白く塗ったマンサルドふうの窓からなだれこんできた。ハイドンの、シルヴァンが、つぶやくようにいった。そうですね、と聖母マリアの連禱みたいに、私が彼のセンテンスの終り半分を、しあげた。セレナーデでしょう？　それを聞くと、シルヴァンが、うれしそうに白い歯をみせて笑った。マダムは、とシルヴァンがいった（ユルスナールのことを、彼はふつう、マルグリットというのに、ときどき、宗教的なくらいのうやうやしさをこめて、ちょっと古風に、マダム、と呼んだ。どうやら、ユルスナール崇拝者、とくにアメリカ人がこのんで使うらしかったが、うやうやしすぎて、私にはおかしかった。しかし、もしかしたら、ユルスナールが、人びとにこう呼ばせていたのかもしれないのだったし、フランス系カナダ人のシルヴァンにはなんの抵抗もなかったのだろう）、マダムは、グレースの最後の数日、もう目もみえず、口もきけなかった数日のあいだ、これを彼女の耳のそばで、ずっと聞かせてあげてたんです、ずっと。むかし、マダムがスイスから買ってきたおみやげで、グレースが大切にしてたものです。

夏休みだけこの家に来て、ボランティアみたいに手伝っている、と自己紹介をしたシルヴァンと私は、まわりの調度にはすこしも似合っていないサーモン・ピンクの被いをかけた、グレースのベッドをはさんで、話していた。他の〈見学者〉には見られないように、と裏階段から、二階にまで連れてきてくれた彼の好意はうれしかったけれど、二日まえにこの家で会ったばかりの青年と、知らない人の寝室で、ひそひそ話をしているのは奇妙な感じだったし、なによりも、私は、まだ家中にみなぎっているユルスナールの精神みたいなものに、こんなところまで入ってきているのをとがめられそうな気がして、落ち着かなかった。そして、シルヴァンたちのおかげで、この家が、まるで生きつづけているようなふりをさせられているのも、私たちが、おっかなびっくりで、マルグリットのいない、でも八年まえまでは彼女の家だった場所を、〈土足で〉どしどし歩きまわっているのも、私にはどこか納得がいかなかった。

お客用の寝室にも、マルグリットの寝室にも、シルヴァンは、忍び足で、声をひそめながら案内してくれた。クリスタルの香水瓶がならぶ彼女のお化粧台は、私には少々、意外で不釣合にみえたが、どの伝記だったかの、彼女はとてもおしゃれで、ヨーロッパからの来客があると、一日のうちに何度も服を変えて現れたというエピソードのなかの彼女には、ぴったりだった。

マンサルドの窓ぎわにおかれたいかにも〈ご主人の〉という感じの大きなベッド、枕もとにかけた、日本からもってかえったという絵馬作者の墨絵、たぶんジャワ製の、東洋人の私ならたぶん使わない更紗模様のベッド・カバー、本棚の『失われた時を求めて』や古いガリマール版のジッド全集。それらすべてを見て見ないふりをしながら、それでも好奇心につられてじろじろ眺めもしながら、私は、はやく一階に降りて〈ふつうの人たち〉と合流したい気持と、もうすこしここにいて覗いていたい気持にはさまれていた。マルグリットに申し訳ないという思いが、ふたつの感情のなかでは、たしかに勝っていた。

私の手もとに、二枚の写真がある。

ひとつは、昨年、友人がフランスの週刊誌でみつけて私に贈ってくれたコピーだ。マルグリットは書斎の机にむかって、手紙の整理をしている。たぶん、これは彼女の最後の夏に撮ったものらしく(夏、と私が考えるのは、細縞のもめんのブラウスの、ふくらんだ半袖から推してだ)、彼女の写真にしてはめずらしく、写真を撮っている人物を意識していなくて、ユルスナールはやさしい自然さにつつまれている。髪もどちらかというと乱れているし、深い、傷あとのような皺が、ひたいや頬にきざまれている。だが、視線はしっかりと手紙の束に向けられていて、それが彼女の歩いてきた道の長さをものがたっているようにもみえる。このマルグリットは、息をのむように美しい。赤ん坊のときは、たよりなさそうだった、そして、成人してからは、どこか攻撃的だったり、ときには、少々いばってさえみえた彼女。アカデミー会員の栄光を手にしてからは、一級の知識人として世に認められた誇りにかがやき、ときには、ていねいに隠された演技がちらついていた彼女が、生涯の最後の夏のこの写真では、しずかな内面の顔で写っている。もうどの方向にも背のびしなくていい、しっかりとじぶんをつかんだ老人の、かぎりなく柔軟にみえる表情が、見るもののこころをやすめる。

そして、もう一枚の写真。これはマウント・デザートの島の岩場に立っているもので、一九八七年と説明がついているから、もう一枚の写真と同年のものかもしれない。ミシェル・サルドのあたらしい伝記に載っている。

秋、が深いのだろうか。白っぽいショールで頭と片方の肩をつつみ、マントふうのコートに手を通して、カメラのほうを向いている。向いてはいるけれども、カメラを見ているのかどうか、ちょっと笑ったような、いや、笑おうとしても笑えないような、ほんとうは泣き出したいのをがまんしているのかもしれない、かぎりなく心細がっているようでもある顔。

自伝的な、最晩年の作でありながらどこか初々しい『恭しい追憶』にはじまって、実らなかった父親の恋をひそかになぞった『アレクシス』へ、『アレクシス』からこんどは、みずからの実らない恋の焦燥の激しさがみなぎる『火』に、さらに青年の日々の昂揚と充足をえがいた『ハドリアヌス帝の回想』、そして『ピラネージの黒い脳髄』を経て、『黒の過程』の深みに達したユルスナールを追いつづけたあげく、私は、いま最晩年をむかえた彼女の写真をまえにして、とまどっている。アカデミー会員に推挙されてからというものは、旅ずきの彼女はアメリカでヨーロッパでアフリカでアジアで、歓迎され、ほとんど神話化され、まれには、たぶん、人々から重荷に思われたかもしれない。

ユルスナールは、自伝的三部作の三冊目『なにを？　永遠を』を執筆中に、脳出血でひと月入院したあと、八十四歳の生涯をやや唐突に終えてしまった。作家は作品を書きおえたら死ぬ、ということばをどこかで読んだことがあるが、たぶん彼女の場合にもあてはまるのだろう。

ガリマール出版社の編集者で友人でもあったヤニック・ジルウがパリからかけつけて、彼女を見舞ったときの回想を、サヴィニョーが伝えている。

「私だとわかると、彼女は、あの彼女にしかない、わかやいだほほえみで私にほほえんでくれた。当時の容態をかんがえると、それはまさに胸をつかれるようなことだった。私が、彼女に、もちろんフランス語で、話しかけると、安堵の、ほとんど幸福の、表情がぱっと顔にひろがった」

ことばで生きるものにとって、それによって生かされていることばが、身のまわりに聞こえないところで死ぬのが、なによりも淋しいのではないかと、考えたことがある。彼女がどんなときもそれから離れることをしなかったフランス語でこの世から旅立つために、そして作家として生涯を終えるために、マルグリットは編集者ヤニックを待っていたのかもしれない。

さきに触れたマウント・デザート島の、マルグリットの写真は、一九八七年とあるから、たぶん最後のものという可能性は大きい。どこか寒そうな表情と彼女の着ているものが、冬が遠くないことを示している。だが、なによりも私の関心をさそうのは、彼女のはいている靴だ。

マントふうのコートを着た彼女がはいているのは、私や親友のようちゃんが小学校のころはかされていたのにそっくりな、横でボタンでとめる、いわばちっちゃい子ふうの靴なのだ。どこかの職人さんが彼女のために縫った、もしかしたらずいぶん高価なものかもしれないし、はきごこちは抜群にちがいない。革がやわらかそうだし、足にぴったりあっているのが、写真でもわかる。革の色が白っぽくて、それが、あの二歳のときの、小さな編み上げの靴を思い出させる。

もうすこし老いて、いよいよ足が弱ったら、いったいどんな靴をはけばよいのだろう。私もこのごろはそんなことを考えるようになった。老人がはく靴の伝統は、まだこの国にはない。その年齢になってもまだ、靴をあつらえるだけの仕事ができるようだったら、私も、ユルスナールみたいに横でぱちんととめる、小学生みたいな、やわらかい革の靴をはきたい。

あとがきのように

二年半にわたって書きつづけたこの文章がいま本になろうとしているのを、私はもうすこし手もとにおいて書き足りないところを埋め、あるいは文章を練り、理解の浅い部分を深めたい気持でいっぱいだ。でも、書くあいだ、たえず私のなかにあった目にみえない読者のところに、いまはこれを本にしてお送りする時間が来てしまったようにも思える。私、ではなくて、「本」が決めた時間が――。そこで小説にしばしば「覚え書」をつけて、作品の経緯を説明したユルスナールをまねて、私もあとがきのようなものをつけることにした。

強靭な知性にささえられ、抑えに抑えた古典的な香気を放つユルスナールの文体と、それを縫って深い地下水のように流れる生への情念を織り込んだ、織細で、ときに幻想の世界に迷い遊ぶ彼女の作風に、数年来、私は魅せられてきた。

作風への感嘆が、さらに、彼女の生きた軌跡へと私をさそった。人は、じぶんに似たものに心をひかれ、その反面、確実な距離によってじぶんとは隔てられているものにも深い憧れをかきたてられる。作家ユルスナールにたいして私が抱いたのは、たしかに後者により近いものであったが、才能はもとより、当然とはいえ、人生の選択においても多くの点で異なってはいても、ひとつひとつの作品を読みすすむにつれて、ひとりの女性が、世の流れにさからって生き、そのことを通して文章を熟成させていく過程が、かつてなく私を惹きつけた。

ユルスナールのあとについて歩くような文章を書いてみたい、そんな意識が、すこしずつ私のなかに芽ばえ、かたちをとりはじめた。彼女が生きた軌跡と私のそれとを、文章のなかで交錯させ、ひとつの織物のように立ちあがらせることができれば、そんな煙みたいな希いがこの本を書かせた。

この本はまた、ながいことといろいろな思いでつきあってきたヨーロッパとヨーロッパ人についての、そして、彼らと私の出あいについての、私なりのひとつの報告書でもあるだろう。

究極的には、作品を愉しみ、著者に興味をもつという、きわめて単純な発想がこの本を書かせたにすぎない、とも思う。そして、そのことをすこしずつ私に教え、さとらせてくれた、ときにはこの本にも出てくる、日本とイタリアの友人たち、先学の方々に、私はどう感謝してよいかわからない。

二年半にわたって、この仕事を応援してくださった河出書房新社の川名昭宣さん、また『文藝』に連載中、さまざまなかたちではげましつづけてくださった阿部晴政さん、そして本になるまでの山のような難問を、時間と労力をかえりみないで、辛抱づよく解決にみちびいてくださった木村由美子さんにも、深い感謝の気持を受けていただきたい。

〔追記〕

参考文献というと重くるしいが、この本の土台になった本だけをあげておく。マルグリット・ユルスナールの作品については、ガリマール社刊の二冊のプレイアード版（Marguerite Yourcenar, *Œuvres romanesques*, "La Pléiade" éd. Gallimard, 1982 ; ibid. *Essais et Mémoires, 1991*）。なお、『恭しい追憶』（*Souvenirs* pieux)、『北の古文書』（*Archives du Nord*）、『なにを？　永遠を』（*Quoi? L'Eternité*）および『ハドリアヌス帝の回想』と『黒の過程』については、グラツィエッラ・チッラリオ訳、エイナウディ社のイタリア語版を、『ハドリアヌス帝の回想』については多田智満子氏の、そして『黒の過程』については岩崎力氏の日本語訳（どちらも白水社刊）を参考にした。その他の直接的な文献には、サルド、ブラミ編のユルスナール書簡集、*Lettres à ses amis et quelques autres*, éd. Gallimard, 1995、また、テレヴィジョンのためにマチュウ・ガレイが行なった長い対話 *Les yeux ouverts*, Le Centurion, 1980 がある。

伝記的な事柄については、とくにジョジアヌ・サヴィニョー（Josyane Savigneau）の、*Marguerite Yourcenar : L'Invention d'une vie*, Gallimard, 1990 に、また、ミシェル・サルド（Michèle Sarde）の *Vous, Marguerite Yourcenar : La passion et ses masques*, Robert Laffont, 1995 に負うところが多い。

終りに、ジッドについて貴重なご教示をいただいた中央大学の中島昭和教授、そして、ピラネージ関連の資料やご教示をいただいた武蔵野美術大学の長尾重武教授に心からのお礼を申しあげたい。

解説

川上弘美

なぜ須賀敦子の文章の言葉は、こんなに柔らかいのだろう。

「きっちり足に合った靴さえあれば、じぶんはどこまでも歩いていけるはずだ。そう心のどこかで思いつづけ、完璧な靴に出会わなかった不幸をかこちながら、私はこれまで生きてきたような気がする。行きたいところ、行くべきところぜんぶにじぶんが行っていないのは、あるいは行くのをあきらめたのは、すべて、じぶんの足にぴったりな靴をもたなかったせいなのだ、と」

プロローグの冒頭の文章である。まず最初に目で読んだときから、すうっとこちらの気持ちの中に、入ってくる。

本の、冒頭の部分から文章がすっと入ってくれることは、実は珍しいことである。どんな文章でも、その始まりにおいては、多くのものが、あるいは身をひきしめすぎていたり、あるいはたくさんのことを含みすぎていたり、また説明のためのものでありすぎたり、唐突でありすぎたりする。

ところが須賀敦子の書く冒頭では、須賀敦子が選んだ言葉と、その言葉のつくりあげる文章と、その文章の意味する内容と、そしてもう一つ、いちばん大切な、文章の内容から読者が感じるさまざまな余韻とが、ぴったりと添いあうのだ。

冒頭に続く文章の中では、いつも大きめの靴をはかせられていたために常にどこか所在なかった、しかし所在ないながらもおおらかに歩いていた作者のことが書かれる。そしてそれに続き、「叔父の靴」や「父の靴」も描かれる。幼い作者をうらやましがらせ、自分もそのような靴をいつか履き、どこまでも歩いてゆくのだ、と思わせた、足にぴったりと添った靴たち。

作者は、叔父が靴をはく光景を、「うらやましさのあまり息がつまりそうになりながら」見た、と書く。今わたしは、作者の文章を、同じようにうらやましさのあまり息がつまりそうになりながら、読む。ゆるすぎたりきつすぎたりすることなく、まるで極上のオーダーメイドの服のように、そうだ、これもプロローグの中の言葉を引用するならば、「誂え」の靴のように、須賀敦子の文章は、美しい。使われる言葉とその言葉の運ばれる調子が、優雅な曲線を描きながら、ぴったりと作者の思想になじむのである。

書かれている内容も、書かれている言葉も、書かれている調子も、すべてが調和を保ち、それでいながらいくつかの無駄――それはむろんただの無駄になってしまう無駄ではなく、文章になだらかな「ゆるみ」を生みだすための無駄である――をもふくんでいる。

ほんとうに柔らかいな、と須賀敦子の文章を読み返すたびに思う。柔らかくて、いい匂いがして、いつまでも触れていたい、それは上等の布のような感じのものだ。

柔らかい、と書いただろうか。けれどその柔らかさは、どこまでも沈んでいってしまう捉えどころのない柔らかさとは異なったものだ。ユルスナールの足跡を追いながら、作者自身とその足跡を重ねあわせ、照らしあわせる、というこの本の書かれかたは、ユルスナールという高貴で香りたかい作家と同質のものを、作者須賀敦子がじゅうぶんにそなえていてこそ初めて、可能だったのであるから。

「語彙の選択、構文のたしかさ、文章の品位と思考の強靭さ。それらで読者を魅了することが、ユルスナールにとっては、たましいの底からたえず湧き出る歓びであり、それがなくては生きた心地のしないほどの強い欲求だったにちがいない」

という文章を読んだ誰もがきっと、ここに書かれたユルスナールについての説明と、作者自身の文章に対する姿勢を、重ねることだろう。重ねてください、と作者はむろんひとことも書いたりはしないのに、実際に本書を読み進めてゆくうちに、わたしたちは自然に須賀敦子の

「語彙の選択、構文のたしかさ、文章の品位と思考の強靭さ」にしみじみと感じ入るからである。

強靭、という言葉。柔らかい、という言葉の裏にある、もうひとつの須賀敦子の特徴が、この強靭という言葉なのだと思う。

こんなにも柔らかい手ざわりを持っているのに、本書にふと書かれている文章のなかみは、どれもじつはなかなかに厳しい。

「《幻想の牢獄》が忘れられない印象を私たちのなかに刻みつけるのは、ピラネージが罪人を幽閉する牢獄を描いているのにもかかわらず、それが同時に、罪人たちだけでなく、私たちすべてがこれまでに犯した、あるいはこれから犯すかもしれない犯罪の、秘められた内面の地図であるかのように見えるからではないだろうか」

「求道がないところに異端がないのは当然かもしれないが、精神の働きのないところにも異端は育ちえないという事実を、私たちはあまりにもなおざりにしてきたのではなかったか」

これらの文章を読むとき、思わずわたしは頭を垂れ、自分の身を振り返ってしまう。今までわたしは何をしてきたんだろう。何もしてこなかったではないか。高みへと、広い世界へと、この目をこの身を真に向けようとしてみたことが、自分は一度でもあっただろうか？　そんなふうに、いつもわたしはうなだれた気分になるのである。

それはたとえば、地味だけれどもまぎれもない名著を読んだときや、心の底から発せられただろう一人のひとの真実の言葉を聞いたときに受ける印象と、似ている。うなだれ、自分がいやになり、自分の卑小さに恥じいる。

けれど不思議なことに、それら名著や真実の言葉や須賀敦子の書く厳しい文章は、同時に、生きていることはなんてすばらしいことなんだろう、とも思わせてくれるのである。自分は卑小のものだ。けれど生は、すばらしい。私〈わたくし〉というものにとどまっていることしか、今の自分にはできない。でも世界には私〈わたくし〉よりももっとずっと大きくてまどかで深いものが、たしかにある。その一端に、あの盲人が象をさわる寓話のようにであれ、触れ得ることができるかもしれない。そんな希望が、わきあがってくるのである。

そもそも厳しさとは、親切さのうらがえしにほかならない。親身な心、相手と交わろうとする心のないところに、厳しさは生まれえない。世界を愛し、世界に手をさしのべ、世界にも愛された、そういう作者の書く豊かな文章を、だからわたしはその厳しさにうちひしがれながらも、うちひしがれたその気持ちの数十倍もの歓びをもって、何度でも読み返すのである。

作者須賀敦子だって人間であるのだから、たぶんある時には自身の卑小さにうちひしがれ、恥じいった瞬間をいくつも持ったことであろう。けれど決して作者はそのままにはとどまらなかった。高みをめざし、腕を広げ、世界を受け入れていったにちがいないのだ。世界を受け入れる、その過程がなだらかに描かれた本書はだから、たましいをつつみこんでくれるような柔らかさをもち、同時にたましいの奥にまっすぐ届くような強靭さをもそなえた、本なのである。

二〇〇一年十月

この作品は一九九六年河出書房新社より刊行された。

白水uブックス　1056

須賀敦子コレクション　ユルスナールの靴

著者 ©　須賀敦子《すがあつこ》
発行者　及川直志
発行所　株式会社　白水社
東京都千代田区神田小川町 3-24
振替 00190-5-33228　〒 101-0052
電話 (03) 3291-7811（営業部）
(03) 3291-7821（編集部）
www.hakusuisha.co.jp

2001 年 11 月 15 日第 1 刷発行
2018 年 6 月 5 日第 10 刷発行
本文印刷　株式会社三陽社
表紙印刷　クリエイティブ弥那
製　　本　株式会社島崎製本
Printed in Japan

ISBN 978-4-560-07356-8

乱丁・落丁本は送料小社負担にてお取り替えいたします。